「紅藍《くれない》の女《ひと》」殺人事件

内田康夫

角川文庫
18759

目次

プロローグ

午後八時を過ぎると、商店街で最後まで営業していた中華ソバの店も灯を消して、町は暗くひっそりと静まり返った。

夏のころは東京や大阪から帰省した人びとを相手に、けっこう、夜遅くまで開いていた店も多かったのだが、秋風が吹きはじめると、東北の小さな町の夜は早い。

十時には町はずれのカラオケスナックも店を閉めた。しまいまでマイクを握っていた男と女の客が、寒そうに背中を丸めて、これからどこへ行くかを相談しながら、路上駐車の車に収まり、街灯の少ない町のメインストリートを走って行った。

交差する国道のどれからも少しはずれた町である。町中の道は、深夜はまったくといっていいほど、車の通行が途絶える。

走り去った車のあとを追うように吹き抜ける風は冷たく、どこかの看板が揺れるらしい、カタカタという不安げな音が時折、静寂を破った。

午後十一時を回ったころ、二人の男がメインストリートの歩道をゆっくり歩いていた。歩道の上はアーケードである。豪雪のころはこれが雁木《がんぎ》の役目をしてくれる。

男はいずれも背をかがめたような恰好《かっこう》で、重い足取りをしている。ところどころにある頼りなげな街灯に照らされた顔を見ると、初老といっていい年代だ。一人はその年代にしては長身で、体つきも労働者タイプ。もう一人はいくらか若いが、痩《や》せ型で脆弱《ぜいじゃく》そうに見えた。

「どうだいクロちゃん、やっぱし見憶《みおぼ》えはないかい？」

若いほうが言った。

「ああ、まるっきり変わってしまった」

「クロちゃん」と呼ばれた、長身のほうが立ち止まり、周囲を眺め回しながら言った。ボソボソと口先だけで話すのが癖らしい。登山帽を取ると、街灯に、男の白髪が霜のように光った。いかにも疲れた顔だ。古い、ロシア民族服のルパシカのようなコートを着ている。

「三十五年も経っちまったんだからさ、無理もねえよ」

もう一人のほうは張りのある声だ。都会暮らしで、上面だけの調子のいい会話に馴《な》れると、こういう声になる。

「ほんだな、おらほうが変わらなさすぎるのだな」

年配のほうは、そう言ってクックッと自嘲《じちょう》するように笑った。

「笑ってる場合かよ、婆婆《しゃば》に戻ったら、やらなきゃいけねえことがあるって、あんだけ言ってたじゃねえかよ。気持ちが萎《な》えちゃったんじゃねえのかよ」

「いや、そんたらことはねえがすけど、相手がいねえだば、仕方ねえすべ」

「だからさ、連中が東京へ行ったのなら、こっちも東京へ行きゃいいって言ってんのよ。それともクロちゃん、この町に住みつくつもりなのかい？」

「いや、この町には住みたくねえ。身内は一人もいねぐなったし、こう変わってしまったんでは、だめだべさ」

「だったら東京だよ、東京。東京へ行って、やるべきことをやれよ。およばずながら、おれも助けてやるぜ。東京にも横浜にも、仲間がいるからさ」

「んだな……」

クロちゃんは歩き疲れたのか、歩道の縁にしゃがみ込んでしまった。

「なんだよクロちゃん、元気出せよ。アイヌのトリカブトだか何だか知らねえけど、それでもって、脅かしてやりゃあいいんだ」

「いや、そこまでは……」

「何を遠慮してるんだよ。クロちゃんのことなんか、もう誰も面倒見てくれねえんだよ」

「ああ、それは分かってんだけどな……」

町の北から南まで、のんびり歩いてもせいぜい五、六分の家並である。それを何度か往復した。生まれ育ったふるさとは、いつのまにか素っ気ない、冷たい顔になっていた。

しばらくじっと考え込んでから、クロちゃんは意を決したように、「よしっ」と呟《つぶや》いて立ち上がった。

「んだば、東京さ行ぐべ」

第一章　古里《ふるさと》もとめて花いちもんめ

1

夕鶴《ゆづる》は、五時には家に帰っているつもりだった。父親の誕生会は六時からということになってはいるけれど、気の早い何人かは五時ごろからやって来て、夕鶴のピアノを聴きたがるのだ。

「先生、今夜はお食事をなさっていってくださるでしょう?」

レッスンが終わると、楠原亜紗《くすはらあさ》はねだるような甘えた声で言った。

亜紗は夕鶴のたった一人の弟子である。夕鶴の音楽学校の先生が親しくしている政治家の娘で、夕鶴が音楽学校に入ったときから、その先生に紹介され、ずっと、ピアノ教授のアルバイトをしてきた。

コンクールのためにヨーロッパへ渡るときには、亜紗と母親が成田《なりた》空港まで送ってきて、餞別《せんべつ》をくれて、あとで開けてみたら破格すぎる金額だった。

べつにお金に困っているわけではないけれど、返すわけにもいかず、それに、二ヵ月あまりのパリでの生活で、いつのまにかそのお金は消えてしまった。

お金って不思議な生き物だな――と、そのとき、夕鶴はつくづく思ったものだ。

そんなわけだから、いくらこっちの状況が変わったからといって、急にピアノ教授を辞めるとも言い出しかねているのだけれど、もともと、夕鶴に、弟子を持つ気などありはしなかった。

夕鶴は二十三歳の若さである。他人に教えるひまがあるくらいなら、まだまだ、自分自身のための修業が必要な時期なのだ。

ことしの春、パリのコンクールで二位に入賞して、それ以来、ほとんど毎週のようにリサイタルがセッティングされている。

いまや、世間は三郷《みさと》夕鶴をプロとして見ている。「まだ、勉強中ですから」という弁解は通用しなくなっていた。

「なに、勉強は演奏会をこなしながら、しぜんに身についてくるものですよ」

マネージメントを請け負っている矢代《やしろ》は、そう言って、はっぱをかける。

もちろん、一応は、どんな曲でも初見がきくけれど、夕鶴が完全に自分のものとして弾きこなすところまでいったレパートリーは、それほど多くはない。

「ひとさまに聴かせるほどのものじゃないんですけど」

矢代に言った言葉は、あながち謙遜《けんそん》というわけでもなかったのだが、リサイタルごとに新聞に出る批評は、総じて悪くなかった。それでも、「今世紀掉尾《とうび》を飾る天才の予感」などという、オーバーな活字が躍っているのを見ると、まるで自分のことのような気がしない。

「なあに、そのうち、三郷さん自身が、そういうものか――と思うようになりますよ」

矢代は予言者のように言った。

そういえば、矢代はずっと「夕鶴ちゃん」とか「夕鶴さん」と呼び慣《な》わしていたのに、いつのまにか「三郷さん」に格上げされていて、夕鶴のほうも、そのことにさして違和感を感じなくなっていることに気付いた。

ほんの瞬く間のような、アマチュアからプロへと変容する過程の、まさに真《ま》っ直中《ただなか》に夕鶴はいるのだった。

もうそろそろ、亜紗のレッスンにピリオドを打たなければいけないな、と思いながら、いつまでも踏ん切りをつけられないでいるのは、自分の性格のいちばん悪い部分なのかもしれない――と、夕鶴は思うのだ。

亜紗と亜紗の母親の誘いを固辞して、どうにかこうにか楠原家を出たが、予定時刻より十分ほど遅れていた。

「サザエさん通り」を通って、国道246を渡って、深沢《ふかざわ》の桜並木を歩いて行く。楠原家から夕鶴の自宅までは、徒歩で十数分。歩くには少し遠いけれど、車に乗る距離でもない。

この辺りは、政治家の私邸が多い邸宅街である。三郷家もその一角にあって、向こう三軒両隣は、政治家と財界人の邸《やしき》だ。

246の交差点を渡るとき、ちょっと気になる男が目についた。向こう側の歩道に立って、信号が青なのに、渡ろうとするでもなく佇《たたず》んで、夕鶴の顔をじっと見つめている。その視線を感じた。

このところ夕鶴は、他人の顔をあまりまっすぐ見ることをしない。新聞やテレビ、雑誌に写真が頻出したせいで、夕鶴の顔を知っている人が多くなった。どこかで見たような顔だな――と、露骨に喋《しゃべ》りながら、こっちの顔を覗《のぞ》き込む若者もいたりして、いつも俯《うつむ》きかげんに歩く習慣が身についてしまった。

その男も、たぶんそういう連中の一人だろうと思った。

顔を俯けていても、視野の中に男の姿は入っている。黒っぽいスーツを着て、痩《や》せて貧相な中年というより初老に近い感じの男だ。古めかしい革カバンを、大事そうに抱えている。

桜並木に入ったとき、男が完全にこっちに向きを変えて、歩きだしたのが見えた。べつに急ぐ様子はなかったが、夕鶴より少し遅れてついてくる。

（いやだな――）と夕鶴は思った。男の気配から、どことなく、ふつうの通行人ではないような気がした。

この道は一方通行の細道で、車の通行はあっても、人通りはあまりない。葉をたっぷりつけた桜の大枝が覆いかぶさるように繁っていて、トンネルのように、昼間でも暗い道である。

夕鶴は不安になった。襲われそうな予感――といってもいいかもしれない。ファンに揉《も》みくしゃにされたりするときなど、夕鶴は拳《こぶし》を胸に押し当てる。何よりも指のことが心配だった。ほかのところはともかく、指を傷つけられるようなアクシデントだけは、ごめんこうむりたかった。

男の足音を背中に聞きながら、夕鶴は無意識に拳を抱くようにして、足の運びを早めていた。

つられるように、男の足音もリズムが早くなった。もはや男が自分をターゲットにしていることは、疑う余地がなかった。

夕鶴はそのとき、大臣の邸に、警官の警備がついているのを思い出した。あと三、四軒先の邸だ。立哨《りっしょう》用の細長い小屋があって、その前にいつも警官がいた。

警官は息せき切って近づいてくる夕鶴に気付いて、こっちを見ていた。夕鶴のほうは知らないけれど、毎日通っているのだから、顔見知りかもしれない。

夕鶴はほっとして、警官の前でしぜんに歩みを止め、あとから来る男をやり過ごそうとした。

だが、男はまっすぐ、夕鶴に向かって近づいた。夕鶴は怯《ひる》んで、警官を背中に意識しながら、あとずさった。

男は警官の存在にかまわず、一メートルあまりのところまで接近した。痩せた貧相な顔で、鼻の脇に大きなホクロがあるのが、不気味だった。

「あの、お嬢さん……三郷さまのお嬢さんですね？」

頭の後ろから出るような猫撫《ねこな》で声で言った。

「え、ええ……」

夕鶴は頷《うなず》いた。相手がこっちの素性を知っていて、それも「ピアニスト」としてではなく、三郷家の娘として知っていることで、少し安堵《あんど》する気分になった。

「すみませんが、これ……」と、男は懐中から、小さく畳んだ紙切れを出して、夕鶴に差し出した。

「旦那《だんな》さんに渡してくれませんか」

男は言って、紙片をさらに突き出し、夕鶴が反射的に紙片を摑《つか》むのと同時に、踵《きびす》を返して、元来た方角へ歩み去った。

「あの、すみません、おじさん……」

夕鶴は思わず叫んだ。「おじさん」と呼ぶのが妥当なのかどうか、ちょっと気がさしたけれど、ほかに呼びようがなかった。

男は夕鶴の声を無視して、驚くほどの速さで歩いて行った。

追って追えないわけでもないが、相手の男の得体がしれないだけに、夕鶴にはためらいがあった。

「どうかしましたか？」

警備の警官が声をかけた。やはり、いつも通る夕鶴の顔を憶《おぼ》えていたらしい。妙な男に付きまとわれて、困っているのではないかと、気にしていてくれたのだろう。

「いえ、べつに……どうもありがとうございます」

夕鶴は丁寧に礼を言って、政治家の邸の前を離れた。

歩きながら、男に渡された紙片を開いてみた。

桜並木はもう、夕闇が立ち込めて、街灯の明るさが頼りだった。

あまり上質の紙ではなさそうだ。少し汚れもついているらしい。四つ折りになっている以上に、細かい折り皺《じわ》もあった。

紙片には、ボールペンらしい細い文字で、

はないちもんめ

と書かれていた。

それだけであった。裏返してみたが、何もない。ただ一行、あまり上手とは思えない文字で、

はないちもんめ

とだけあった。

(何なのかしら?——)

夕鶴は呆《あき》れてしまった。道路端で、まるで待ち受けていたように、仰々しく追い掛けてきて手渡すにしては、こんなつまらない紙切れ一つとは、いったい、どういう意図があるというのだろう?

「はないちもんめ、か……」

夕鶴は呟《つぶや》いてみた。

呟いてみて、薄気味悪くもあったけれど、どことなく、懐かしみを感じる言葉だと

思った。

それにしても、こんなものをわざわざ「旦那さんに」と手渡すほうも気が知れないけれど、もらった側はいったいどういう反応を示すだろう——。

夕鶴は、父親が紙片を開いた瞬間に、いかめしい顔をどんなふうに変化させるか想像して、思わず急ぎ足になった。

2

門内にはすでに数台の車が駐車していた。玄関の右隣にある応接室の出窓から、声高に笑う客の声が聞こえた。

三郷伴太郎《ともたろう》のほんとうの誕生日は九月二十日なのだが、十年ほど前から、人が集まりやすいように、誕生会は秋分の日に繰り下げて催されるようになった。

もっとも、折角の休日を、毎年、同じ行事に縛られることを好まない人間だって、いないわけではない。

夕鶴の姉の透子《とうこ》と、彼女の夫である力岡勝《りきおかまさる》などもそのクチだ。秋分の日は前後に土曜日曜がくっついて、連休か飛び石連休になることがよくある。遊び人の力岡夫婦は、貴重な連休に自由に遊べないことを、この日が近づくたびにボヤきまくっている。

たぶん伴太郎の会社の部下たちの中にだって、多少は迷惑がっている人間がいるにちがいない。

まったく抵抗を感じないのは、夕鶴ぐらいなものだろう。

夕鶴は小さいころから、遊びを知らない子だった。ことに、ピアノを覚えてからは、学校から帰るとまっすぐピアノに向かった。「あなたはピアノの申し子のようだわね」とピアノ教師が呆れたほどだ。人前でピアノを弾くのも好きで、おだてられると、際限なく弾きかねない。父親の誕生会は、夕鶴の演奏意欲を満足させるまたとないイベントだったのだ。

よくしたもので、この夕鶴のピアノが、いつしか、気詰まりな誕生パーティーの呼び物になった。招待された客のほとんどが、夕鶴のピアノを聴くために集まってくるといっていい。中には「えっ、きょうは専務の誕生日だったのですか?」などと、きついジョークを言う客も現われた。

もっとも、伴太郎が彼の誕生会を自賛しているとばかりは思えないふしもある。最初のころは、自分から進んで、料理のメニューを考えたり、お土産の品選びもしていたのだが、近頃では、それもやめた。会そのものに対しても、周囲の者たちがお膳立《ぜんだ》てするままに従って、むしろ自分も参加者の一人ぐらいの気持ちでいる。

伴太郎はまだ自室にいた。夕鶴が部屋の外から「ただいま」と声をかけると、「おう、いまか」と応じたが、顔を見せなかった。

「ちょっといい？」

「ん？　なんだ、入ってきなさい」

ドアを開けると、父親はデスクに向かって、何かの書類に書き込みをしていた。それで手が離せなかったらしい。

「お仕事？」

「いや、いいんだ、終わったところだ」

伴太郎は振り向いた。

「いま、楠原さんからの帰りに、変なおじさんに会ったの」

夕鶴はおかしな中年男の話をした。

「ふーん、妙なやつだな。夕鶴もいまや有名人だからな、少し気をつけたほうがいい」

「でも、そんなんじゃないみたい。三郷さんのお嬢さんだったら、これを旦那さんにお渡しくださいって、こんなものをくれたわ」

夕鶴は例の紙片を、四つ折りのまま、父親のデスクに載せた。

「何だい、これは？」

伴太郎は紙片を広げた。

夕鶴は興味深く、父親の表情を見守っていた。

伴太郎は瞬間、眉《まゆ》をひそめた。ほんのわずかな動きにすぎなかったにもかかわらず、それだけで、表情に夕暮れのような翳《かげ》がさしたのを、夕鶴は見て取った。

「何なのだい、これは？」

伴太郎はいつもの口調に、多少、不愉快さを込めた言い方で、夕鶴の顔を見た。

「知らないわ、何なのか。その人はただ、それを渡してくれって言っていただけ。訊《き》き返そうとしたら、まるで逃げるみたいに行ってしまったの」

「ふーん……」

「ねえパパ、『はないちもんめ』って、童唄《わらべうた》なのでしょう？」

「ああ、そうだよ……なんだ、そうか、夕鶴の年頃の娘は、もうこんな唄では遊ばなかったのかねえ」

伴太郎は感慨深そうに、紙片を遠く離して、眺めた。

「もっとも、こういう遊びは、田舎や、下町の子だけだったのかなあ。大勢が手をつないで、『あの子がほしい』などといって、遊ぶのだが」

「パパも遊んだことがあるの？」

「ははは、これは女の子の遊びだよ。いや、しかし、一度か二度は、仲間に入れられたこともあるかもしれない。たしか、ふた組に分かれる関係で、人数が揃《そろ》わないと困るのじゃなかったかな」

伴太郎はまた回想する目になった。そういう表情を見るかぎり、この紙片や、それをくれた男について、特別な感慨も湧かないように思える。

「おお、そうそう、お客が待っているのじゃないかな。急いで行って上げたほうがいい、私もすぐに行くがね」

伴太郎はふたたびデスクに向かった。

夕鶴は着替えをすませてから、客たちの前に顔を出した。

ドアを開けるとすぐに、甲戸麻矢《かぶとまや》が目敏《めざと》く夕鶴に気付いて、「遅かったのね」と声をかけた。

麻矢は夕鶴より一つ歳上で、子供のころから、よく一緒に遊んだ仲だ。

麻矢の父親の甲戸天洞《てんどう》は、横浜では有名な「叡天洞《えいてんどう》」という古美術商で、伴太郎の古い友人である。むろん、この集まりには必ず顔を出す。麻矢の向こうから、ニコニコ笑いかけ、黙ってお辞儀を送って寄越した。

彼の周囲には、夕鶴の父親の部下たちが群がって、何か面白い話に聞き入っていたらしい。甲戸は彼の店にある骨董品《こっとうひん》と同じくらい、奇妙で胡散臭《うさんくさ》い話を沢山かかえていて、相手を飽きさせることがない。

夕鶴は麻矢と肩を並べるようにして、ソファーに座った。

た。

「忙しそうだね」

目の前の椅子から、力岡勝が、細長いアメリカ煙草をかざすようにして、笑いかけた。

その隣に、霜原宏志《しもはらひろし》がいたから、夕鶴はどういう顔をして挨拶《あいさつ》すればいいのか、戸惑ってしまった。霜原は一時期、透子と夕鶴のテニスのコーチをやっていた男である。すでに力岡夫人だった透子と、怪しい噂があったのを、夕鶴は甲戸麻矢の口から聞いた。

透子はこの部屋にはいなかった。

「姉さんはどこですか？」

ひととおり客たちに挨拶して、夕鶴は力岡に訊いた。

「ああ、キッチンのほうじゃないのかな。それとも、居間かもしれない。女性たちはひと塊になって、何か悪巧みをしているらしいから」

そうかもしれない――と夕鶴は、半分まじめにそう思った。透子と彼女の友人ときたひには、年がら年中、それこそ悪巧みに没頭しているようなところがある。○○夫人を××氏と不倫させる計画だの、○○青年と××嬢の婚約を解消させる計画だの、冗談にしても、ずいぶん破廉恥な話を交わしているのを、夕鶴は何度も耳にした。

霜原は手持ち無沙汰《ぶさた》を持て余しているような顔であった。日焼けした精悍《せいかん》な面構えといい、上着の袖《そで》をたくし上げた恰好《かっこう》といい、どう見ても、こういう、室内での「文化的」な語らいなど、およそ似合わない男だ。透子は霜原のそういうところに、興味を惹《ひ》かれたのかもしれない。

「夕鶴君は、このごろはもう、テニスなんてものはやらんのでしょうな」

九州訛《なま》りがいまだに抜けない、ゴツゴツした口調で言った。

「ええ、ぜんぜん。去年の夏以来、一度もラケットを握っていません」

「去年の夏というと、軽井沢《かるいざわ》のあのとき以来ですか」

「あ、そうですね、あのとき、霜原さんとペアを組んだのが最後なんだわ」

「そいつは光栄だなあ、天才ピアニスト、最後のプレイが一緒だったとはね」

「やだなあ、天才だなんて」

「しかし、天才は天才なのでしょう。マスコミはみんな、そう書いている」

「でも、仲間うちで言うのは、変ですよ」

「ふーん、そういうものですか」

「軽井沢っていえば、あの人、どうしていらっしゃるかしら、ほら、霜原さんのお友だちの方」

「ああ、浅見《あさみ》ですか。ははは、ヤツは下手くそだったでしょうが。夕鶴君より下手なのだから、相当に下手だ」

「あ、それ、ひどい言い方だわ」

夕鶴は抗議したが、霜原には抗議の意味が通じない。

「なに、いいのです、事実、そのくらい下手なのだから」

「夕鶴さん、そろそろ弾いてくれませんかねえ」

力岡が霜原の饒舌《じょうぜつ》を遮るように催促した。それに呼応するかのように、甲戸を囲む連中のあいだから、拍手が湧いた。

「じゃあ、お夕食前の軽い曲を」

夕鶴はピアノに向かって、ショパンのマズルカを弾いた。

透子が、大学時代からの「悪友」と自認している稲村寿美《いなむらすみ》を伴って現われ、夕食の支度が整ったことを伝えにきた。

ダイニングルームへ向かうとき、麻矢がそっと寄ってきて、「あとで聞いてもらいたいことがあるの」と囁《ささや》いた。父親の甲戸から離れた、ほんの一瞬のときだったから、父親には内緒の話らしい。

いつも剽軽《ひょうきん》な麻矢が、妙に静かなのが気になっていたけれど、その言葉を囁いたときの麻矢の、ひどく思いつめたような顔が、さらに気がかりだった。

ダイニングルームだけは、この家の自慢といっていい。片側に六人分の座がゆったり取れる、細長いテーブルと、それが収まっても、さらにゆとりのある大きな部屋だ。

片方の端に三郷伴太郎が、反対側の端に夕鶴が座る。総勢十四人の賑《にぎ》やかな会食であった。

お給仕はお手伝いの野川利子《のがわとしこ》が中心だが、透子と寿美、それに伴太郎の妻――つまり、夕鶴の母親の輝子《てるこ》と、伴太郎の妹――つまり、夕鶴には叔母《おば》にあたる泉野梅子《いずみのうめこ》が務めた。梅子は客扱いをされるのが嫌いな性分で、こうして甲斐甲斐《かいがい》しく接待役に回るほうが楽しいのだそうだ。輝子はどちらかといえば梅子の手前、仕方なく働かされているきらいがなくもなかった。

ともあれ、誕生会は例年どおり愉快な雰囲気で終始した。少なくとも、招かれた客のほとんどがそう感じ、満足しているように見えた。

だが、夕鶴は必ずしも平穏無事とのみは考えていない。あの奇妙な男から手渡された紙片のことが、忘れたころになって、ふっと思い浮かんだ。

――はないちもんめ――

(あれは何なのかしら?――)

父親にさりげなく、あしらわれたようなことになったけれど、やはりあの紙片が伴太郎宛てに手渡されたのには、何かの理由や事情があるはずなのだ。

何もなくて、あんないい歳をした男が、しかも警官の見ている目の前で、わざわざ紙片を渡したりするとは考えられない。

夕鶴は、長いテーブルの反対側で、左右の客にそつなく愛想を見せている父親の顔を見つめた。

夕鶴の視線を感じたのか、伴太郎がこっちに目を向けた。(?——)というように、わずかに首を傾げた。その様子には、べつに屈託したような気配は感じられない。

夕鶴は微笑して、シャンペングラスを掲げて見せた。

3

食事のあと、夕鶴が三曲、ピアノを演奏して、明日も仕事や予定のある客たちは、三々五々、引き揚げていった。

元の広い応接室に戻って、甲戸天洞は伴太郎と、霜原は力岡と、透子は稲村寿美と、それぞれが顔を突き合わせるようにして、二人だけに通じる話題を話し込んでいる。

夕鶴は麻矢を自分の部屋に連れて行った。

「話って、何?」

食事中も父親のこととともに、ずっと気になっていたので、ドアが閉まるのも待たずに、訊《き》いた。

「うん……」

麻矢は背後の廊下を振り返った。誰かに聞かれるのを、極端に警戒する素振りだ。

「なんだか、秘密っぽいわね」

夕鶴はわざとからかうように言った。

「そうよ、秘密、絶対に守ってほしいの」

「やだァ、そんな怖い顔しないでよ」

「だって、私だって怖いんだもの。だから、半分分けて上げちゃうのよ」

「いらないわ、そんなプレゼント」

「そう言わないで、聞いてよ」

「そりゃ、聞くのはいいけど、だけど、聞いたとたん怖いのなんて、あまり嬉《うれ》しくないわねえ」

「怖いっていうより、変なのよ」

「変？」

「うん、パパがね……」

「ちょっと、話って麻矢のパパのこと？」

「ごめん、つまらない話で」

「そうじゃないけど、そう、お父さんのことなのか……」

夕鶴は自分の父親のことと思い合わせて、深刻な気分になってきた。

「で、どういうこと？」

「夜、寝ていて、うなされるの」

「えっ？……」

夕鶴は、麻矢が何を言ったのか、聞き洩《も》らしたと思った。

「うなされるのよ」

「うなされるって、寝ていてうなされる、あれ？」

ばかな質問だったのに、麻矢は笑わなかった。

「そうなの、うなされるのよ、それもときどきみたい」

「どうして？　どうして分かるの、そんなこと」

「聞いたのよ、三度も。夜中にね、喉《のど》が渇いたもんで、キッチンに行こうと思って、パパの部屋の前を通りかかったら、聞こえたの。嗚咽《おえつ》っていうのかな、そういう感じ。それで、びっくりして、そっとドアの隙間から覗《のぞ》いて見たら、寝ていて、うなされているの……」

「ほんとに？」

「ほんとよ、男泣きっていうのかな、そんな感じの声に聞こえたわ。ママのこと思い出しているのかと思って、見てはならないものを見てしまったっていう、そんな気がして、急いでベッドに引き返しちゃったけど……だけど、ママのことを今頃になって思い出すっていうのも、なんだかおかしな話じゃない」

　麻矢の母親が亡くなってから、もう、かれこれ十何年だかになるはずだ。

「それだけだったら、どうってこともなかったかもしれないけど、二度目も同じような感じで、うなされていたし、三度目なんか、書斎でうたた寝をしていたらしく、私が入っていったら、びっくりして、まるで幽霊を見たような顔で振り返ったわ。なんだか分からないけど、こっちまで悲しくなるような怯《おび》え方なの」

「ふーん、そんな感じ、ぜんぜんしなかったけどなあ」

　夕鶴はさっき、若い連中相手に、面白おかしくお喋《しゃべ》りをしていた、甲戸天洞のにこやかな表情を思い出して、言った。

「でしょう？　だけど違うの、そういうときのパパって。人の前ではいつもどおりなんだけど……何かよほど深刻なことがあって、悩んでいるのよ、きっと」

「麻矢に原因があるってこと、ない？」

「私に？　私の何が原因なのよ？」

「知らないけど、親を泣かすようなこと、しているんじゃないの？」

「してないわよ、そんなこと。品行方正だし、親の言うことはよくきくし」

「嘘ばっかし」

　夕鶴は笑ったが、麻矢の真剣な顔を見て、すぐに真顔に戻った。

「だけど、一緒に住んでいるんでしょ、ぜんぜん心当たりがないの？」

「少なくとも私のことで悩んだりはしていないわよ」

「それじゃ、お仕事のこととか……」

「古美術商が、仕事のことで悩んだり怯えたりするわけないわよ。サラリーマンの悲哀とかいうのなら分かるけど。第一、そういううなされ方じゃないのよ。なんて言ったらいいのかなあ、来し方《こかた》、行く末を想って慟哭《どうこく》するっていう、そういう感じの声でうなされるのよね」

「ふーん、あのおじさまがねえ……」

夕鶴の父親とちがって、顔を合わせると軽いジョークを飛ばしたりする、陽気なおじさま——というイメージがあるだけに、甲戸天洞が何かに怯えたり、慟哭したりする情景が、夕鶴にはどうしてもピンとこなかった。

「ねえ、夕鶴はどう思って？」

「うーん……」

「たしかに変でしょう？　ぜったい変よ。ひょっとしたら、頭がどうにかなっちゃったんじゃないかって思ったりもしたんだけど、そうでもないらしい……だから、ますます変だなって、怖くなっちゃうのよ」

夕鶴にも、（怖い——）という麻矢の気持ちが、よく分かるような気がしてきた。

「ねえ麻矢、『はないちもんめ』って知ってる？」

夕鶴はふと、訊いてみた。

「何なのよ、それ？」

「ほら、昔の童唄《わらべうた》にあるでしょう、そういうの」

「はないちもんめ？　聞いたような気もするけど……よく知らないわ。だけど、それがどうかしたの？　急にそんなこと言い出したりして」

「うん、ちょっとね……父のことなんだけど、そういう伝言みたいなものを、見知らぬおじさんから預かったの」

夕鶴は、夕方あったことを、かいつまんで話した。

「へえー、それも気味の悪い話ねえ。『はないちもんめ』っていう伝言かァ……」

麻矢はテーブルの上で、文字をつづる真似をして、

「それで、夕鶴のパパは何て言ったの？」

「ううん、何だか分からないって」

「だけど、何も理由がないのに、そんなおかしな紙切れを渡すわけはないじゃない」

「だと思うけど、分からないって」

「分かっていて、隠してるってこと、あるんじゃない？」

「そうかなあ……」

子供のころから、父親と自分のあいだには、ずっと秘密めいたものはないつもりでいたから、麻矢にそう言われて、夕鶴は少しギクリとした。

「なんだか変な気分ね、うちの親も夕鶴のパパも、一緒におかしなことになって……」

「うん、私もそう思ったの。関係ないのかもしれないけど、麻矢のパパの話を聞いて、父のこと連想したものだから」

二人は重苦しい気分になって、しばらくおし黙ってしまった。

「そうそう」と夕鶴は思い出して、言った。

「『はないちもんめ』っていうの、『あの子がほしい』とか、そういう遊びだって言ってたわ。ふた組に分かれて、手をつないで……それでどうするのかなあ?」

「そんな遊び、聞いたことないわね。そんなことして面白いのかな?」

麻矢は横浜の山の手に住んでいる。夕鶴の家もそうだけれど、隣近所の子供たちと、童唄など歌って遊ぶような環境ではない。

「でも、父は『はないちもんめ』って書いてあるのを見たら、すぐに『あの子がほしい』って思い出してたわ。昔はきっと、どこでも見られた風景だったのじゃないかな」

「あの子がほしい――か。それもなんだか、少し怖いみたいな感じね。幼女誘拐だとか、人身売買だとか……」

「やあねえ、童唄よ」

夕鶴は笑ったが、たしかに麻矢の言うとおり、不吉な連想がしないわけでもなかった。

「ねえ、その童唄って、全部はどうなっているの？」

麻矢は急に興味を惹《ひ》かれたように、身を乗り出した。

「知らないわよ、私だって。ただ、どこかで聞いたことがあるなって、そう思った程度なんだから」

「おばさまは知ってらっしゃるんじゃないかな？」

「ママ？　そりゃ、ママは知ってるかもしれないけど……でも、なんとなく、ママには訊《き》けない感じじゃない？」

「あら、それじゃ、その紙片のこと、おばさまには言ってないの？」

「うん……」

夕鶴は、そう意識的に、母親に隠していようと思ったわけではない。しかし、いまになってみると、気持ちのどこかに、言わないほうがいいと直感するものがあったのかもしれなかった。

「そうなのか……そうよね、言わないほうがいいわね」

麻矢にもその気持ちは伝わったらしい。

麻矢と夕鶴には、たがいにそんなふうに、相手の気持ちの動きを察知する、まるでテレパシーみたいなものが通いあう。

「そうだ、あのひとなら知っているかもしれない」

夕鶴は思いついて言って、立ち上がった。

「誰、あのひとって？」

「麻矢は知らないひと。とにかく訊いてみるわ」

連れ立って応接室に戻った。伴太郎と甲戸の姿が見えない。透子に「パパは？」と訊くと、「書斎へ行ったみたい」と答えた。

「ちょうどよかったわね」

夕鶴は麻矢に目配せすると、霜原に近づいて、言った。

「霜原さん、浅見さんて、たしか歴史なんとかいう雑誌の編集者でしたわね」

「ん？　ああ、いや、違いますよ。彼はルポライターで、『旅と歴史』という雑誌に執筆しているだけ」

「あ、そうなんですか……でもいいか。浅見さんと連絡つきませんか？」

「そりゃ、いつでも連絡はつくけど……あれ？　夕鶴君は浅見に会いたいの？」

「ええ、もしできれば」

「ほう、驚いたなあ。だけど、あいつは三十三歳のオジンですよ。とにかく、僕と同じなんだから」

「やだァ、べつにそういう意味でお会いしたいわけじゃありませんよ。私と麻矢が、ちょっと、歴史のことで、お聞きしたいことがあるだけ。いやだなあ、おとなはすぐに妙な勘繰りをしたがるんだもの」

「ははは、だろうね、そうでしょうね、やつと夕鶴君じゃ、およそ似合わないもの。何しろ、やつはあの歳で、いまだに居候の身分ですからね」

霜原は大笑いに笑ったが、すぐに、電話でコンタクトを取ってはくれた。

受話器を差し上げて、「浅見が摑《つか》まったけど、代わりますか？」と訊いている。

「いいえ」と、夕鶴は急いで、手と首を横に振った。全員の視線がこっちに集中している中では、何も話せっこない。

「ご都合のいいときに、どこかでお目にかかりたいって、お伝えください」

霜原は、電話の向こうの幸運な男を、「この野郎」と罵《ののし》りながら明日の午後、新宿で――と約束を取り付けた。

「しかしねえ、夕鶴君が浅見とねえ……」

電話を切ってから、気がかりそうに夕鶴の顔を眺めている。透子が笑って、「そんなに夕鶴のことが心配なら、霜原さん、一緒についていらしたら？」とからかった。

誕生会がお開きになった帰りがけ、麻矢は車に乗り込む寸前、夕鶴に囁《ささや》いた。

「ほんとは、夕鶴、浅見さんていうひとのこと、好きなんじゃない？」

「えっ、まさか、ばかねえ」

夕鶴は笑って、麻矢の背中を押した。

しかし、客たちが帰ってしまったあとになってから、夕鶴は胸にズキンとくるもののあることを感じた。

麻矢は鋭い――と思った。

考えてみると、「はないちもんめ」の謂《い》われを知るためには、いろいろな手段があるはずなのに、その中から浅見という相手を選んだのは、それなりに、夕鶴が気持ちのどこかであの青年にこだわるものがあるからにちがいないのだ。

（やだァ――）

夕鶴は霜原に言い返したのと同じように、自分の内面に向けて否定的に言って、独り、顔を赤らめた。

第二章　あんた方どこさ

1

幸運と悲運とは、背中合わせにやって来るものだ——と浅見光彦《みつひこ》は思っている。だから、どんなにすばらしい幸運に恵まれようと、その後ろにドンデン返しの不幸せが隠れていることを想定してしまう。

「光彦のそういうところは、お父さまにそっくりだわね」

母親の雪江《ゆきえ》未亡人が、ときどき、感心したように言う。

「あの戦争で、日本中が緒戦の勝利に酔っているときでも、お父さまは、そのあとに来るもののことを心配していらしたわ」

浅見の父親は大蔵官僚として、最後は局長までゆき、次官就任を目前にして急逝した人物である。

「それから、世の中が神武《じんむ》景気だなどと浮かれていたころも、必ず不況がくるっておっしゃって、そうしたら案の定、ナベゾコ不況だったでしょう。ほんとうに先見の明のある方だったわねえ」

懐かしそうに遠くを見る目をしてから、

「でも、あなたみたいな若い人が、そんなふうに用心深いのは、ただジジむさいだけだわねえ」

嘆かわしいという目で、シゲシゲと次男坊を眺めるのである。

現代人が昔の人間と根本的に違うのは、物事に対して楽観的である点だそうだ。浅見の父親がそうであったように、中年以上の人間の大半は、先行きに一抹の不安を懐《いだ》いているものである。世の中がどんなに順調であっても、「こんな幸福な状態が、いつまでもつづくはずがない」と、万事につけて懐疑的なのだ。

そこへゆくと、いまどきの若者は、至極、楽観的に生きている。遠き慮《おもんぱか》りなどというものは、まったく持ち合わせていないらしい。とりあえずいまが楽しければいいのだし、明日もまた、この平和で楽しい状態がつづくであろうことを、当然のように思い、少しも疑わない。

その点、浅見はたぶんに前近代的な人間の素質を持っている。

もっとも、あの父親とこの母親と、それにエリート官僚という名の、保守的人間の権化《ごんげ》のような兄——この三人を見て育ってきたのだから、浅見のオジンくささは、彼のせいばかりではないのかもしれない。

霜原宏志から電話をもらったときには、あまりいい予感はしなかった。霜原の電話がろくなものであったためしがない。とにかく強引で、こっちの都合などというものは、一切、斟酌《しんしゃく》しないようなところがある。

去年の夏の軽井沢だって、浅見がたまたま軽井沢在住のミステリー作家のところにいるのを知って、「テニスのメンバーが足りないから」と呼び出した。混合ダブルスで男が一人足りないのだそうだ。浅見のテニスが下手くそなのを知っているくせに、頭数だけ揃《そろ》えばいいのだという。

もっとも、軽井沢の作家のほうも、浅見に事件の話を聞かせてもらいたいからと、わざわざ呼びつけておいて、昨日が徹夜仕事だったから、昼まで起こさないでもらいたい——と、手前勝手なことを言っていた。

そんなわけで、不承不承、出掛けて行ったテニスコートで出会ったのが三郷夕鶴だった。むろん、そのころはまだ、夕鶴の名前は知られていなかった。浅見は彼女がピアニストであることも知らなかったのだが、とにかく美しい娘——という記憶だけは残った。

六ヵ月ほど前、三郷夕鶴がパリのコンクールで入賞し、日本に凱旋《がいせん》してくるという新聞記事は読んだ。

（ふーん、あのときの美女が——）と、いまは、はるか雲のかなたに遠ざかってしまった「幸運」を、懐かしく思い返したものであった。

その三郷夕鶴が「会いたい」のだという。有名なピアニストの美女が、である。

こういうタナボタ式の幸運こそ、もっとも警戒しなければならない。幸運の背中には、思いもよらぬ悲運がくっついているにちがいない——と思いつつ、浅見はついつい頰の筋肉が緩んでくる。

新宿の喫茶店「滝沢」に、約束より早めに行ってみたら、夕鶴はすでに来て、コーヒーを半分ほど飲んでいた。

（えらい！——）と浅見はひそかに思った。若くて美しい女性が、男よりも早く来て待っているという、その一事だけで人柄を偲《しの》んでしまう甘さが、この男にはある。

「すみません、お呼びたてしまして」

三郷夕鶴は丁寧に挨拶《あいさつ》した。自分の都合で呼びつけておいて、眠いから待ってろ——などと言う軽井沢の作家とは、天地雲泥の差である。

「なあに、どうせひまなんです。今日あたり、新宿でコーヒーでも飲みたいなあとか、思っていたところでした」

夕鶴は去年より色白になって、しかもおとなびた印象があった。コンクール入賞の自信が風格になって滲《にじ》み出ている。外面ばかりでなく、内面的にも磨きがかかった感じであった。

「友だちが来ることになっているのですけど、どうしたのかしら？……」

夕鶴は時計を気にしている。

「あ、そうなのですか、お友だちが見えるのですか……」

やれやれ――と浅見は思った。そうそう理想的にはいかないものだ。「お友だち」が男性である可能性もある。

（ま、いいか――）

べつに怪《け》しからぬ下心があったわけでもないのだ。

約束の時刻がとうに過ぎたのに、「お友だち」は現われなかった。

「いつもは、約束を守らないコじゃないのですけど……」

夕鶴はしきりに恐縮している。「コ」と言ったその口振りから察すると、どうやら女性らしい。

「いいですよ、べつに急ぐ必要もありませんし」

何なら、ずっと遅れてもらったほうがいい――と言いそうになった。

「ええ、でも……それじゃ、お話だけ先にさせていただきます」

「はあ、どうぞ、聞かせてください」

浅見はコーヒーを口元に運びながら、言った。

「あの、浅見さんは『はないちもんめ』ってご存じですか？」

「は？……」

カップを口に当てたまま、上目遣いに夕鶴を見てしまった。

「何ですか、それ？」

「あ、それじゃ、ご存じなかったのですか。そうですよね、無理ですよね、男の人ですもの」

「いや、『はないちもんめ』ぐらいは知ってますが、それがどうかしたのですか？」

「えっ、ご存じなんですか？」

「ええ、『ふるさともとめて　はないちもんめ』という、それでしょう？」

「あ、そういうんですか？　知らなかったんです。『あの子がほしい』とかいうって聞いたのですけど」

「そうですよ、『あの子がほしい　あの子じゃ分からん』というのですよ」

「ああよかった……」

夕鶴はほっとしたように、肩の力を抜いて、にっこり笑った。

「やっぱり歴史に詳しいんですね」

「あははは、そんなの、歴史にはあまり関係がないと思うけどなあ……」

浅見は褒められて、照れた。

「その『はないちもんめ』って、どういうものか、教えていただきたいのです」

「はあ……えっ？　じゃあ、今日の用件て、そのことだったのですか？」

浅見は呆《あき》れて、思わずポカーンと口を開けて、夕鶴の顔に見とれた。

「すみません、下らないこととお思いでしょうけど、でも、私にしてみれば、とても重要なことかもしれないのです」

夕鶴は真摯《しんし》な表情で言った。

「はあ、『はないちもんめ』が、ですか？」

「ええ、そうなんです、じつは……」

三郷夕鶴は少し逡巡《しゅんじゅん》した。話していいものかどうか——という思い入れがあった。その様子から察すると、深い事情があって、その事情までは話す気がなかったらしい。

「いいのですよ」と浅見は笑って言った。

「詳しいことはおっしゃらなくてもいいですよ。『はないちもんめ』のことだけお話ししましょう」

「えっ……」

夕鶴は、恐縮と感謝と困惑がまざったような、何ともいえぬ複雑な顔になった。

「はないちもんめというのは、童唄《わらべうた》というか、囃《はや》し唄を歌いながら、グループで遊ぶ昔の子供たちの遊びなのです。歌う唄の内容は地方ごとに多少、違うのですが、僕が母から聞かされたのは、だいたいこんなものです」

浅見はテーブルの上にメモ帳を広げて、口ずさみながら、唄の内容を書いた。

ふるさともとめて　はないちもんめ
もんめもんめ　はないちもんめ
○○ちゃんもとめて　はないちもんめ
××ちゃんもとめて　はないちもんめ
　ジャンケン
かってうれしい　はないちもんめ
まけてくやしい　はないちもんめ

「三、四人から五、六人ずつふた組に分かれて、横一列に手をつないで、向かいあいになって、この唄を歌うのです。片方が『ふるさともとめて　はないちもんめ』と前進すると、今度は反対側のグループが、『もんめもんめ　はないちもんめ』と前進し返す。そうして、たがいにほしい子の名前を出して、その子同士が出てジャンケンをして、負けた子は勝ったほうのグループに取り込まれるという遊びです」

浅見は時折、身振りを交えて説明した。

しばらくぶりでこの唄を歌って、子供のころの思い出が浮かんできた。浅見の住む、東京・北区西ケ原《にしがはら》のあたりは、土地は山の手にあるけれど、生活様式は下町の雰囲気が漂う街だ。浅見自身のころは、すでにそういう遊びは廃れていたが、母親が子守唄代わりに歌ってきかせてくれたのを、知らず知らずに憶《おぼ》えていたらしい。

しかし、体系的にしっかりと歌詞の内容を把握したのは、比較的、最近のことではあった。

岩波文庫の「わらべうた――日本の伝承童謡」（町田嘉章・浅野建二編）によると「花いちもんめ」は子取り遊びの一種で、おそらく京都を中心に全国に普及したものだろうという。歌詞の内容はその地方地方で極端に違うらしい。浅見が知っているのは、江戸――東京で流布《るふ》したタイプではないかと考えられる。

「ふーん、そういう遊びなんですか……」

夕鶴は浅見の書いたメモを眺めて、かえって、謎がいっそう深まった――と言いたげに、茫然《ぼうぜん》としている。

「どうやら、これだけでは解決にならないみたいですね」

浅見は笑顔で言った。

「お父さんですか、お母さんですか？」

「は？……」

夕鶴はギョッとして、身構えた。

「いや、秘密に関係している方は、ご両親のどちらかなと思って」

「どうして？……」

夕鶴の顔色がサッと変わった。いったん青ざめて、すぐに赤く染まった。

「どうしてご存じなんですか？　誰にも……麻矢にしか言ってないのに……まさか、麻矢が……えっ？　浅見さん麻矢のこと……」

「ちょっと待ってください」

浅見は慌てて、機関銃のように飛んでくる夕鶴の疑問を制止した。

「そのマヤとかいうのは、誰なのですか？　外国人ですか？」

「えっ？　じゃあ、麻矢のこと、知らないんですか？　それじゃ、どうして？　どうして父のこと、それから、いろいろ、ご存じなんですか？」

顔を突き出すようにして、矢継ぎ早に訊《き》かれて、浅見はのけぞった。

「さすがにピアニストですね、リズミカルだし、フォルテシモです」

この皮肉は通じたらしい。夕鶴は「あ……」と声を洩《も》らして、拳《こぶし》を抱くようにして小さくなった。

「どうしてご両親のことと言ったのか、不思議に思われたみたいですね」

浅見はにこやかに、落ち着いた口調で言った。

「ええ、だって……」

「それは、誰だって、ほんのちょっと考えれば分かることですよ。『はないちもんめ』なんて、僕なんかより、ずっと年配の方——たとえばご両親のほうがご存じなはずでしょう。ほかにも、お身内の方や、日頃、親しくしている方々で年配の方がいくらでもいらっしゃるはずです。それなのに、わざわざ僕のような、まったく、どういう素性かも分からないような人間に相談されるという。その理由は、要するに、ご両親には相談しにくい理由があるからなのでしょう？　しかし、だからといって、あなた自身の問題ではあり得ない。なぜかといえば、あなたの問題なら、それこそ、ご両親に相談すればすむはずですからね。しかも、『はないちもんめ』という、ふつうなら、なんでもないようなことで、いろいろ気を遣ったり、深刻に悩んでいるのは、何か秘密めいた背景を感じさせる要素があるからに決まってます。どうですか、当たってますか？」

夕鶴は、浅見の長い話を聞いて、気が抜けたように、「ええ……」とだけ言った。

彼女がショックから立ち直るまで、浅見はゆっくりと、コーヒーの残りを飲んだ。

「父宛てに」と、夕鶴は思いきったように言い出した。

「昨日、おかしな紙片をもらったのです。それに、『はないちもんめ』とだけ書いてあったのです」

2

浅見は黙って頷《うなず》いた。

それから夕鶴は、昨日の奇妙な男のことと、男がくれた紙片のこと、その紙片を父親に渡したときの様子――等々を話した。

浅見は夕鶴が話し終えるまで、話の区切りごとにわずかに頷くだけで、ひと言も発しなかった。ただ、その両眼はしだいに光を帯び、口元に抑えきれない好奇心を示す、かすかな微笑みが浮かんできた。

「面白いなあ、じつに面白い……」

浅見は両手を合わせて、摩擦で発火しそうになるほど、擦《こす》った。

「面白いって、何がどう面白いのですか？」

夕鶴は少し非難するような口調になって、言った。

「えっ、あ、失礼、言い直します。非常に興味深いお話だという意味です」

「どういうふうに興味があるのですか？」

「それは、基本的にはあなたと同じですよ。つまり、五十過ぎのいい歳をしたオジサンが、わざわざ待ち受けて、あなたに手渡すにしては、『はないちもんめ』なんて、ずいぶん他愛《たわい》のないものだし、それを受け取ったお父さんの、微妙な心の動きを感じさせる気配というのも、何やら意味ありげでしょう。これが面白く……いや、興味を惹《ひ》かれなくて、世の中の何に興味を惹かれるというのですか」

「でも、いったいこれは何なのかしら？　浅見さんはどうお思いになります？」

「そうですねえ……」

浅見は天井を向いて、しばらく考えてから言った。

「三郷さんは東京のご出身ですか？」

「えっ？……ええ、そうですけど」

夕鶴は意表を衝《つ》かれて、うろたえながら、コックリと頷いた。

「そうですか、東京ですか……」

浅見は、いくぶんがっかりした表情を見せた。

「東京だと、何なのですか？」

「いや、東京ならどうということはないのです。もしそうでなく、山形県あたりのご出身だったりすれば、少しは特別な意味があるかな――と思ったのですが」

「えっ、山形だと意味があるのですか？」

「そう、『ふるさともとめて　はないちもんめ』ですからね」

「あの……」

夕鶴はもう、魔術にかかったように、浅見という男の言葉の一つ一つに、根こそぎ、心を揺り動かされた。

「……私は東京で生まれ育ちましたけど、三郷家は、祖父の代までは山形県に住んでいたのです」

「ほうっ……」

浅見がはじめて、強い驚きの色を示して、夕鶴の顔をマジマジと見た。

「何なのですか？　山形県だと、『ふるさともとめて　はないちもんめ』がどうしたとおっしゃるのですか？」

夕鶴はほとんど喧嘩腰《けんかごし》になって、浅見に問い詰めた。

「その『はないちもんめ』の『はな』というのは、何の花のことだと思いますか？」

「えっ？　それは、たぶん……サクラだとか、キクだとか、それとも菜の花だとか、そういう、日本を代表するポピュラーな花のことなのじゃありませんか？」

「それがぜんぜん違うのです。昔は『はな』というと、サクラを指すのではなかったのですよ。むろんキクでもありません。『はな』は紅花《べにばな》のことを指すのでした」

「紅花……それで山形……」

紅花が山形県で産出されていたことぐらいは、夕鶴も知っていた。といって、いつどこでどうして知ったのかは、記憶のページを探しても分からなかった。たぶん、祖父母の昔語りを断片的に憶《おぼ》えているにちがいない。

「そう、だから、『ふるさともとめて　はないちもんめ』が、山形の紅花を想定すると、いきなり意味を持ってくるでしょう。勝手な想像をさせてもらうなら、三郷家の過去に遡《さかのぼ》る、何かの因縁ばなし——といったことが思い浮かんできます」

浅見はテーブルの上のメモの脇に、二行の文句を付け加えた。

　あの子がほしい　あの子じゃ分からん
　この子がほしい　この子じゃ分からん

「さっきここに書いたのは、京都で伝承されていた、もっとも基本的なパターンだといわれるものです。しかし、東京地方ではこの二行が入って、そのあとに『○○ちゃんもとめて』か、あるいは『○○ちゃんがほしい』と歌うのです」

「あの子がほしい……」

夕鶴は小さく口に出して呟《つぶや》いてみて、このあいだの麻矢と同様に、その言葉の持つ不気味な意味を連想して、体が震えた。

そのとき、店内アナウンスが電話の呼び出しをした。「三郷さま、お電話が入っておりますので……」と言っている。

「あら、麻矢からだわ、きっと……」

夕鶴は時計を見ながら立った。約束の時刻より、三十分も遅れている。

「何かあったのかしら……」

急に立ち上がったせいばかりでなく、夕鶴は貧血になりそうな気分だった。大きな理由もなしに、待ち合わせをすっぽかす麻矢ではないのだ。

カウンターで受話器を受け取って、耳に当てた。

「もしもし……」

——あっ、夕鶴、私……。

悲鳴のような麻矢の声であった。

「どうしたの麻矢？　何かあったのね？」

——パパが、パパが死んだの。

「えっ？　何ですって？……」

ほかのどんな理由でも、麻矢が言い訳をしたら、一応は皮肉の一つも言ってやろうと思っていたけれど、そんな気持ちは吹っ飛んでしまった。

──パパが……いやァ……こんなこと……パパが……。

「落ち着いて、麻矢！」

夕鶴は大声で叱った。周囲の従業員や客たちが、いっせいにこっちを見るのが分かったが、夕鶴はそんなことにかまけているどころではなかった。

「どうしたの？　どうして亡く……」

さすがに、その先は言葉に出さなかった。

「とにかく、いますぐ行くわ。どこなの？　お宅なの？　それとも……」

──病院、横浜の県立病院……すぐ来て、来て助けて……。

「分かった、しっかりするのよ！」

受話器を置いて、その手が受話器から離れないのを、左手でこじあけるようにして引き離した。

体がむやみに震えて仕方がなかった。

いつのまにか浅見がそばに来ていて、「どうしました？」と小声で言った。

「助けて……」

「えっ？」

「いえ、助けてって、麻矢が、友だちが……お父さまが亡くなったんです」

「分かりました。ここにいなさい、バッグを持ってきて上げます」

浅見はテーブルに戻って、伝票と夕鶴のバッグを持ってきた。

「どこですか、マヤさんのお宅は？」

レジをすませながら、訊《き》いた。

「いえ、病院です、横浜の県立病院」

「行きましょう」

浅見は夕鶴の肘《ひじ》を支えるようにして、階段を登った。

「あ、あの、その前に父に電話を」

「車に電話が付いてますから、それを使いなさい」

こんな命令口調で物を言われるのは、父親とピアノの先生以外にない。浅見の緊迫した、短い言葉に、夕鶴は身を任せるようにして歩いた。

地下駐車場に置いてあるソアラに乗った。

浅見は渋滞の首都高速を避けて、一般道で芝《しば》公園まで行き、そこから高速に入るコースを選んだ。

その途中、夕鶴は父親の会社に電話した。思ったとおり、伴太郎はまだ甲戸天洞の死を知らなかった。

——本当か？　どうしてだ？　まさか……。

あとは絶句した。昨日の甲戸の様子を知る者には、この突然の死が信じられないのも無理はない。

ただ、夕鶴は父の言った最後の言葉が気になった。

「パパ、『まさか』何なの？」

——ん？　いや、まさか間違いじゃないだろうなと思ったのだ。

「ほんとらしいわ。麻矢の様子がほんとに死にそうだったし……」

——死因は何なのだ？　心臓の発作か何かか？　それとも、事故か？

「分からないわ、ただ亡くなったっていうことだけ聞いたけど」

——そうか。とにかくこれから横浜へ行ってみる。夕鶴も行くだろう？

「ええ、いま向かっているところ。車から電話しているの。詳しいことはあとで話しますから」

早口で言って、電話を切った。

「マヤさんのお父さんとは、どういうご関係ですか？」

浅見が訊いた。

「父の子供のころからのお友だちです。麻矢っていう娘さんが私より一つ歳上で、家族ぐるみ付き合っているんです」

「マヤさんというのは、麻の矢と書くのですか？」

「ええ」

「彼女のお母さんはいつごろ亡くなったのですか？」

「えっ？……」

麻矢の母親が亡くなったことなど、言った憶えがなかったけれど、夕鶴はもう驚かないことにした。聞いてみるまでもなく、これまでの会話や父親とのやり取りの中で、浅見はきっと、その程度のことは憶測してしまったにちがいない――と思った。

「ずいぶん前です。私も知らないくらいだから、きっと十何年か、もっと昔なのかもしれません」

「それじゃ、もちろん死因も知らないのでしょうね？」

「死因？……」

夕鶴は、思わず浅見の横顔を睨《にら》んでしまった。

「麻矢さんのお母さんは、もしかすると、ふつうの病死ではないのかもしれませんよ」

浅見はまっすぐ前を見たまま、夕鶴の視線にも気付かない様子で、言った。

「ふつうでないって……じゃあ、浅見さんは死因は何だと思うんですか？」

「自殺か、ひょっとすると、殺されたか、どちらかでしょうね」

「ひどい！……よくもそんなことを……どうしてそんなこと、おっしゃるんですか？」

「いや、何十年も家族ぐるみのお付き合いをしているのに、親友のあなたにも、死因について話していないとなると、ふつうの病死ではないし、単なる事故死でもないとしか思えませんから」

浅見はごくあっさりと言った。

夕鶴は返すべき言葉が見当たらなかった。たしかに浅見の言うとおりだ。いままで、どうしてそんなことに気付かなかったのか、むしろ、不思議なくらいではないか。

「浅見さんて、何でも見通しちゃうんですね、まるで、推理小説に出てくる名探偵みたいに」

「ははは、名探偵でなくったって、この程度のことは、誰だって考えつきますよ」

「でも私は考えつきませんでしたよ。それに、思考がすごいスピードで働くみたい」

「あなたの指が鍵盤《けんばん》の上を走るスピードに較べたら、ナメクジが這《は》っているみたいなものです」

夕鶴は「ヒャッ」というような奇声を発して、口を覆った。

「ナメクジ、だめなんです」

「えっ？　あ、それは僕だって苦手ですよ。あの粘着質のかたまりみたいなヤツは、生理的に大嫌いです。もっとも、好きな人間はいないでしょう。しかし、あれに塩をかけて、モゾモゾ蠢《うごめ》きながら溶けてゆく様子を見るのは……」

「やめて！……」

夕鶴は卒倒しそうになって、背凭《せもた》れに体を預けた。

3

受付で訊くと、しばらく待たされて、廊下の向こうからやってきた見知らぬ男が
「三郷夕鶴さんですか？」と訊いた。

「伊勢佐木《いせざき》署の者ですが、甲戸麻矢さんが向こうで待ってますので、来てください」

夕鶴が黙って頷《うなず》き、浅見が腕を取って、刑事のあとについて行こうとすると、刑事は振り返り、浅見を見て、「おたくさんは？」と言った。

「友人です、浅見といいます」

「浅見さん……聞いてませんが、まあいいでしょう」

そのまま背中を見せて歩いた。あとで事情聴取の対象にでもするつもりにちがいない。

エレベーターに乗ると、意外にも地下二階に降下した。

（死体置き場だな——）

浅見はいよいよ、自分の想像が的中したことを思った。

「死因は何ですか？」

小声で訊いた。

「ん？……」

刑事はジロリと、精一杯に眉《まゆ》をひそめ、三白眼をこっちに向けた。

「まだ調べ中です」

地下二階の廊下は、主として死体の搬入出に使われる。一種、独特の冷気と、薬品と線香と、その他もろもろの臭いが混じりあい、漂っていて、浅見は思わず首をすくめた。

甲戸麻矢は遺体安置所に、べつの刑事と、それに、夕鶴も顔見知りの叡天洞の社員二人と一緒にいた。

夕鶴の顔を見ると、麻矢は抱きついて、声を上げて泣いた。夕鶴は麻矢を宥《なだ》め、「こちら浅見さん」と紹介したが、麻矢がそれを理解したかどうか、はっきりしなかった。叡天洞の二人の男は、それぞれ「永岡《ながおか》です」「東木《とうぎ》です」と小声で自己紹介をした。永岡は四十五、六歳。東木は三十七、八前後といったところだ。二人の社員は、夕鶴と浅見と交代するように、店へ戻って行った。店の捜索に立ち会うよう、警察に指示されたらしい。

部屋の中央に白い布を被《かぶ》せた遺体が横たわっている。簡単な祭壇もあって、線香が頼りなげに煙をたなびかせていた。

刑事が「さあ、友だちが来ましたから、もういいでしょう」と言ったところから察すると、麻矢は父親の遺体のそばを離れたくないと、だだをこねていたらしい。

「そちらさんも、一応、遺体を確認してもらえますか」

刑事はぶっきらぼうに言った。

麻矢に先導されるようにして、夕鶴と浅見がおそるおそる近づくと、刑事は顔の上の白い布を捲《まく》った。

「おじさま……」

夕鶴は目を閉じて、浅見の腕に身を委《ゆだ》ねた。麻矢も夕鶴の体を支えて、三人が寄り添うような恰好《かっこう》になった。

浅見は、二人の女性を抱きしめた。文字どおり、悲運と幸運が共存する光景ではあったが、いくら浅見は第三者とはいえ、さすがに、幸福な状況とは言いがたい。

「毒物は何ですか？」

遺体の顔を見つめながら、浅見はポツリと言った。とたんに刑事がいやな顔をした。

「えーと、おたくさんの住所氏名等を聞かせてくれませんか」

浅見はポケットから、よれよれになった名刺を出して、渡した。

「何も肩書がありませんな。職業は？」

「フリーのルポライターです」

「ルポライター……」

吐き捨てるような言い方をした。警察にとってマスコミ関係者——とくにルポライターなどというヤカラは、もっとも敬遠すべき連中である。

「とにかく、向こうで事情を聞かせていただきましょうか」

刑事が三人を追い立てるように、ドアを開けかけたとき、そのドアから夕鶴の父親が入ってきた。

「三郷伴太郎といいます、甲戸君の友人です」

刑事に名乗って、麻矢の肩をそっと叩《たた》いてから、遺体の脇に立った。

「なんということを……」

甲戸の死に顔を見て、怒りと悲しみのこもった呟《つぶや》きを発した。総毛立ったような顔に涙があふれ、床にしたたり落ちた。

「では、あなたも一緒に来てくれますか」

刑事は無表情に催促した。

同じフロアにある小部屋に入った。遺族の控え室にでも使用するのか、白いカバーのかかった応接セットが用意されてある。

「まもなく司法解剖に付すことになりますので、いずれははっきりした結論が出ることですが、はっきり言って、ホトケさまは毒物による中毒死であることは、ほぼ間違いありません」

麻矢はすでに聞かされていたらしく、それほどの動揺は見せなかったが、三郷父娘《おやこ》は驚きの色を隠せなかった。

「しかし、なぜ……」

伴太郎は無念そうに言った。

「いや、なぜなのかを知りたいのは、むしろわれわれ警察のほうでしてね」

刑事は素っ気なく言った。

「亡くなったときの状況はどういうふうだったのか、聞かせてくれませんか」

浅見が言った。

「第一発見者はこちらのお嬢さん、甲戸麻矢さんと、それから、店の社員のお二人さんですので、あとで直接お訊《き》きください。われわれとしては、いま見えた三人の方に、甲戸さんが亡くなられたことについて、心当たりがあるかないかを、まずお訊きしたいのですがね」

「ちょっと待ってくれませんか」

伴太郎が落ち着いた口調で、しかし断固として言った。

「毒物を服用しているというのは、自殺されたという意味なのでしょうか？」

「まだ、はっきりとは断定できませんが、目下のところ、その公算が大であると見ております」

「そうであるならば、私には彼が自殺したことについて、心当たりなどあるはずがありません」

「理由は？」

「第一に、彼にかぎって、自殺しなければならない状況であったとは、絶対に考えられないからです。第二に、彼とは、今夜、食事をする約束になっておりました」

「ほう……」

刑事は眉を上げた。それから部下と思われるもう一人の刑事に目配せした。部下は部屋を出て、どこかへ連絡に行ったらしい。自殺と他殺では、いうまでもなく、捜査の態勢に大きな差がある。

「自殺でないとすると、他殺ということになりますが、その点に関してはいかがです？　甲戸さんが誰かに恨まれていたとか、そういう話はありませんか？」

「もちろん、それもありませんが……」

伴太郎は言ったが、語尾が微妙に揺れた。

「何かあるのじゃないですか？」

刑事は目敏《めざと》く、切り込んだ。

「いや、ありません。しかし、あなたが言われたように、自殺でなければ他殺と考えるしかないわけでしょう」

「まあ、それはそうです」

「彼は古美術商ですから、その関係で何かあったのかと……たとえば、店の中が荒されていたとか、そういうことはなかったのですか？」

「ほう」と、刑事はニヤリと笑って、伴太郎を皮肉な目で見た。

「事件現場が店だと、よく分かりましたな。自分はそんなこと、ひと言も喋《しゃべ》っていませんけどね」

「あ、そうでしたか、店じゃないのですか。この時刻だから、当然、店にいたものとばかり思っていましたが」

「いや、店ですよ、店で亡くなっていたのです」

「だとすると、第一発見者が麻矢さんというのはおかしいですね。店には従業員の方が二人おられるはずだが？」

「おりましたよ、確かに。だが、彼らは気づかなかったのです。午前十時過ぎにお嬢さんが来て、社長室に入って、はじめて甲戸さんが亡くなっているのを発見したのです。それまではなんと、甲戸さんが店に出ていることさえも、知らなかったのだそうです」

「えっ？　ということは、社員が出勤する前に、すでに彼は亡くなっていたということですか？」

「そうです。死亡推定時刻は、午前八時前後とみられます」

「父は」と、麻矢が伴太郎に向けて言った。

「七時ごろに家を出たのです。ちょっと片づけておきたいことがあるからと言って。そのときはべつに気にならなかったのですけど、あとで、なんだか、虫の知らせっていうのかしら、変に気にかかって、それで、夕鶴と会う約束の場所へ行く前に、ちょっと店に顔を出してみたのです。そしたら……」

「その際、社長室の鍵《かぎ》は、あなたが開けたのですか？」

浅見が訊いた。

「ええ、そうです。店の人が社長は朝から留守だって言うので、変だなって思って、急いで開けました。社長室の鍵は父と私しか持っていないのです」

「そのとき、お父さんはどんな様子でしたか？」

「父は床の上にうつ伏せになって……」

「ちょっと待ってくれませんか」

刑事が手を上げて麻矢を制した。

「あんた、浅見さん、勝手に余計なことを訊いたりしないでもらいたいですな。それに、あんた、社長室に鍵がかかっていたなんてこと、どうして知っているのです？」

「そんなこと、分かりますよ。それほど大きくもないお店なのでしょう？　もし鍵がかかっていないのなら、社長がいないからって、朝、出勤してからずっと、社員の人が社長室をぜんぜん覗《のぞ》かないはずがないですからね。しかし鍵がかかっていて、社長のいる気配も感じられなければ、即、社長は不在ということが分かるわけです」

「ふーん……」

刑事は腕組みをして、気に入らないと言いたげに、細めた目で浅見を見つめた。

「それより、どうなのですか？　さっき三郷さんもおっしゃったけれど、現場に、自殺を思わせるような状況は、何かあったのですか？　たとえば、遺書だとか、服毒したものの痕跡《こんせき》とか、誰も室内に入った形跡がないとかですね」

浅見は刑事と麻矢とに、交互に目を向けるようにして、訊いた。

「いや、遺書はなかったですがね……じつは、甲戸さん自身の手で毒物を服用した形跡は明らかにあるのです。つまり、自分でインスタントコーヒーをいれてですな、その中に毒物——毒物の種類はまだ分かっていませんが、とにかく何かの毒物を混入したとか」

「しかし、そんなことは、甲戸さんがいれたコーヒーの中に、何者かが毒を入れた可能性だってあるのではありませんか。たとえばお客が来てですね、その客が犯人であって、甲戸さんがいれてくれたコーヒーの、甲戸さんのカップに毒を入れ、自分のコーヒーカップなどは片づけたか、持ち去ったかしたというようなことは」

「もちろんその可能性はありますよ。しかし、そうでない可能性もあるわけでしてね」

「鍵はどうなっているのですか？　甲戸さんは鍵を所持していたのですか？」

「いや、被害者は鍵を身につけてはいませんでしたよ」

「だったら、外部の人間の犯行であることははっきりしているじゃないですか」

「たしかに、そうとも考えられます。なにしろ、その鍵はあの建物のすぐ近く、道路の側溝の中に落ちていたのですからね」

「えっ、落ちていたって、それは本当ですか？」

「本当です。ただし、あの部屋の窓から投げれば、充分、届くような場所でしたがね。つまり、甲戸さんが自分で鍵を閉め、窓から投げ捨ててから、毒入りコーヒーを飲んだとも考えられるわけでして」

　気持ちよさそうな刑事の前で、浅見は沈黙せざるを得なかった。

「父は自殺だと思います」

　ふいに麻矢が言った。

「えっ、どうしてそう思うのです？」

刑事は彼女の顔の近くまで、いかつい顔を寄せて、訊いた。

「どうしてって……」

麻矢は父親の名誉を傷つけるのを恐れるように、最後の逡巡《しゅんじゅん》を見せてから、仕方なさそうに言った。

「父が、ときどき、うなされていたのを、私は見たのです」

「うなされていた？　どうしてうなされたりしたのです？」

「理由は知りません」

「しかし、単にうなされていたというだけじゃ、自殺説の根拠にはなりませんなあ。私などはしょっちゅう悪い夢を見て、うなされていますからね」

「ちょっとうかがいますが」

浅見が刑事に言った。刑事は、また小うるさいやつが――と言いたげに、露骨にいやな顔を見せて、突《つ》っ慳貪《けんどん》に「何ですか？」と応じた。

「甲戸さんが亡くなっていた部屋は、原状のままにしてあるのでしょうね？」

「それはもちろんです。ただし、鑑識があちこちいじりましたがね」

「その現場を見せてもらうことはできませんか？」

「見るって、あんたが、ですか？」

「そうです。いや、もちろん、刑事さんかお嬢さんに案内していただくことになると思いますが」

「ふーん、あんたが現場を見て、どうするつもりです？」

「できれば、事件の謎を解明したいと思っていますが」

「あは、あは、ははは……」

刑事は無理して空笑いをした。

「事件の謎って、そんなことは警察がやっていますよ。あんたがしゃしゃり出たって、しようがないでしょうが。第一、現場を見て何が分かるというんです？」

「それはやってみないと分かりません」

「ふん、それは口実で、何か、記事にでもしようというんじゃないのですかね」

「そんなことは考えていません。僕は、歴史や旅行関係のものを書くのが専門で、事件記事は書きませんから」

「だったら、余計なことに首を突っ込まないほうがいいですな」

「それは僕だって、首を突っ込まないですめば、それに越したことはないと思いますよ。しかし、いまのお話を聞いていると、なんだか、警察にだけ任せてはおけない感じがしてならないのです。ですから……」

「あんたねえ」

刑事はムッとして、浅見を睨《にら》みつけた。

「警察に任せておけないって、それじゃあんた、警察が頼りにならないとでも言うんですか？」

「いえ、そう言ってしまっては、カドが立ちます」

「ほれ、つまり、本心はそう言いたいわけでしょうが。あんた、いったい警察のどこが頼りないっていうのかね。口はばったいようだが、日本の警察は、世界的に見ても優秀ですよ。ことに科学捜査技術は格段の進歩を遂げている。あんたみたいな素人が、現場を覗いたぐらいで、事件の謎が解明できるなら、それこそサッはいらんですよ」

「いくら設備や技術が進歩したって、捜査をするのは、あくまでも人間でしょう」

「あははは、もちろん『捜査は人』だ。あんたはうちの捜査一課長の訓示みたいなことを言うなあ。もっとも、それはじつは、警察庁刑事局長さんの年頭の訓示の受け売りですけどね。ああ、そういえば、浅見っていう名前は、刑事局長さんと同じですか。あははは、しかし、受け売りでそんなことを言ってもらっても、困るねえ」

「受け売りなんかじゃないですよ。まったく、僕がたまにいいことを言っても、みんな受け売りだと思われちゃう。洋服のお下がりじゃないんだから……」

浅見は日頃の鬱憤《うっぷん》を、ついブツブツとぼやいた。

「は？　お下がりって、何のことですか、それは？」

「いや、べつに……とにかく、現場を見たいのです。見るのは勝手でしょう？」

「そりゃ、勝手にはちがいないが……まさかあんた、証拠湮滅《いんめつ》が目的ということではないでしょうな？」

「証拠湮滅？　僕が？　それじゃまるで、僕が犯人みたいじゃありませんか」

「ははは、そうでなければいいが。しかし、現場を荒らしたりすれば、その嫌疑をかけられることになりますよ」

「もちろん荒らしたりしませんよ。警察こそ、ちゃんと現場保存には気を配っているのでしょうね？」

「あんたねえ、どうして、いちいち癇《かん》にさわるようなことを言うのかね。警察を怒らせると、あまりいいことはありませんよ」

刑事は本気になって浅見を睨んだ。

さすがに、浅見も言いすぎたかなと思ったので、「すみません」と謝っておいた。

さっき、部屋を出ていった、若い刑事が戻ってきた。

「警部、連絡を取りました」

「そうか、ご苦労」

私服では分からなかったが、中年のほうの階級は警部だったらしい。浅見は驚いたふうを装って、言った。

「失礼しました。あなたは警部さんだったのですか」

「ん？　あはは、いや、ははは……」

警部は嬉《うれ》しそうに照れ笑いをして、「半田《はんだ》です」と名刺を出した。「神奈川県警伊勢佐木警察署刑事課警部　半田信和《のぶかず》」とあった。半田は小うるさいルポライターの尊敬のまなざしを浴びて、気分をよくしたらしい。部下の刑事に鷹揚《おうよう》に言った。

「それじゃ、この人たちには、いったんお引き取りいただこうか」

全員が部屋を出て、ゾロゾロと廊下を歩いた。

途中、安置所の前を通るとき、麻矢はもういちど父に会って行きたいと言ったが、半田は首を横に振った。

「ご遺体は、すでに運び出されて、ここにはありません」

運び出された行く先は、むろん解剖台の上である。それを想像して、麻矢が目をつぶり、卒倒しそうになるのを、浅見と三郷伴太郎が、かろうじて支えた。

4

甲戸天洞の店「叡天洞」は、横浜・伊勢佐木町の表通りから、一本、引っ込んだ通りに面した、三階建てのこぢんまりした店であった。一階と二階の一部が店、二階の大半がオフィス、三階は倉庫になっている。

社長室はオフィス部分の、ほとんど半分を占めていた。

浅見光彦がここの「現場」を訪れたのは、事件後三日目のことである。それまで、警察は頑強に立入りを禁止していた。

その間、横浜の古美術商の変死事件は、それほどセンセーショナルな報道はされなかった。やはり、警察が自殺のセンで動いていたためなのだろう。

三日目の朝、甲戸麻矢から、「警察が、部屋を使用してもいいと言ってきました。浅見さんがご覧になりたいとおっしゃってたので、お知らせしようと思いまして」と言って寄越した。

葬式がすんで、時間が経過したこともあって、麻矢にもいくぶん落ち着きが戻ってきた様子だった。

浅見はあらためてお悔やみを言い、「では早速、これから伺います」と答え、つけ足しのように訊《き》いた。

「三郷さんも行かれますか？」

――ええ、おじさまは来てくださるそうです。でも、お気の毒ですけど、夕鶴は演奏の仕事で北海道へ行っているみたいですよ。

「はは……」と、浅見は思わず笑いがこぼれた。

そういう茶目っけのあることを言えるところまで、麻矢の精神状態は回復しているらしい。

「ところで、その後、警察は事件捜査のことで、何か言ってきていませんか？」

浅見は訊いた。

「父が飲んだ毒薬のことを言ってました。なんでも、アルカロイド系の毒物だそうです」

「アルカロイド……それですぐには分からなかったのですね」

「あの、アルカロイドって、どういう毒なんですか？」

「いや、僕もよく知りませんが、トリカブトの根から採取したものも、その一種ですよ。神経を麻痺《まひ》させて、一見、急性心不全のような症状に見えるのだそうです。しかし、お父さんはどこからそんな物を手に入れたのでしょうかねえ？」

「警察にも訊かれましたけど、私はぜんぜん知らないんです。父がそんな毒薬を持っていたなんて、信じられません」

「それに対して、警察はどう言っているのですか？　つまり、その、何者かによって薬を飲まされたのではないかということについては？」

「あまり考えてはいないみたいです」

「そうですか」

結局、警察はどうやら「自殺」のセンで事件を終焉《しゅうえん》させる方向らしい。

（だから言わないことではない――）

浅見は思ったが、麻矢には何も言わなかった。

浅見が叡天洞に着いてまもなく、三郷伴太郎もやって来た。

二人の客は麻矢の案内で社長室に入った。もっとも、三郷のほうは、もう何度もここに来て、長い時間を過ごしたことがあるのだそうだ。

部屋の中は思ったより片づいていた。

「警察の話だと、荒らされた形跡はなかったのだそうです」

ただ、いたるところに、指紋を採取した痕跡《こんせき》が歴然として残っている。もちろん、ほんの小さなチリも一つ一つ採取して行ったにちがいない。半田警部が言ったとおり、科学警察の分析技術はきわめて進んでいて、チリ一つからでも、訪問者の素性を突き止めることが可能だという。その点では、シャーロック・ホームズもポワロも銭形平次も出る幕はないわけだ。

麻矢は部屋の一隅に佇《たたず》んで、浅見の行動を眺めている。

三郷伴太郎はソファーに座って、この部屋にいた親友が、すでに故人であることに思いを馳《は》せるのか、ただ茫然《ぼうぜん》とした様子だ。

浅見だけが部屋の中を歩き回った。

デスクの上には、電話のメモ代わりにも使える、日めくりカレンダーがあった。

「それ、昨日、警察から戻ってきたのです」

浅見がカレンダーに触れようとしたとき、麻矢が言った。

「ほかにもいくつか、警察に持って行かれたものがあります。まだ、帳簿類は返してくれていないみたいですけど」

こっちが質問する前に、ちゃんと説明する。そういうところは、なかなか機転のきく女性のようだ。

浅見は注意深く、日めくりカレンダーのページを、一枚一枚、めくっていった。書かれてあるメモは、たいてい、仕事上のことらしく、短いものだ。日時、電話番号、人名——等々を断片的に書いてある。

用件も「×月×日　横浜駅　×時×分小島氏」といった具合だ。そういう、メモに出てきた人物の洗い出しは、警察がしっかりやってくれているにちがいない。

中に時折、「唐三彩《とうさんさい》・一千万程度・偽物でも可」などといった、客からの注文らしきものも書いてある。これなど、唐三彩が一千万円で妥当なのか、それとも、本物がなければ、安物の偽物でもいいという意味なのか、偽物でも一千万もするのか——いろいろ憶測される内容だ。

浅見の手が、ふと停まった。

事件発生の数日前のページであった。

そこに、

　ふるさともとめて

と書かれていた。

浅見はほんの少し、そこにこだわっただけで、すぐに、さり気なくページを繰る作業をつづけた。

ほかにめぼしいものは何もなかった。いや、実際はあるのかもしれないが、「ふるさともとめて」ほど、突拍子もないメモは見当たらない。

「警察はこのカレンダーについては、何も言ってなかったのですね？」

浅見は麻矢に訊いた。

「ええ、べつに」

「そうですか……」

浅見は内心、舌打ちしたいような、歯痒《はがゆ》い気持ちだった。こんなところに、なぜ「ふるさともとめて」などと書いてあるのか、どうして疑問を抱かないのか、神経を疑う。

「あの……」と、麻矢は浅見の表情を見て、不安を感じたように訊いた。

「何か、気になることでもあるのでしょうか？」

「えっ？　いや、そういうわけではないですが、唐三彩の偽物などということが書いてあるものですからね」

「ああ、そのことですか……」

驚いたことに、麻矢の顔に失望の色が流れた。明らかに浅見の「発見」に物足りないものを感じているのだ。

「警察もそのこと、しつこく訊いていましたけど、そういうのって、父の商売にはよくあることだったみたいです。本物ではなくてもいいっていうお客さんもいるのです」

「なるほど、それじゃ、犯罪に関係するというわけではないのですね」

「ええ」

「それでは、これはどうですか」

浅見はカレンダーを持って、「ふるさともとめて」の文字を示した。

麻矢は黙ってコックリと頷《うなず》いたが、三郷は小さく「あっ」と言った。明らかに何か思い当たったという反応だ。

「これは何なのですかねえ？」

「さあ、それ、私も変だなって思って、だから浅見さんが気づいてくれるかどうか心配だったのです。もし私だけが気づいたのだとしたら、ちょっと頭がおかしくなっているのかと思って……でも、やっぱり変ですよね、いったい何なのですか、これって?」

浅見も麻矢も、三郷伴太郎の説明を求める姿勢になった。

「これは、昔の童唄《わらべうた》の一節ですよ」

三郷は言った。たったいま見せた驚きの色を、もうどこかへ隠してしまっている。

「しかし、こんなものがどうしてここに書いてあったのですかねえ?」

しげしげと眺め、首を傾げている。

「そうなんです、変ですよね」

麻矢は二人の同調者を得て、勢い込んだように言った。

難しい問題に直面したものの、これといった結論など出っこない。三人は「現場」を出て、階下の店に戻った。

店は主《あるじ》の死によって、存立の危機に直面したわけだが、喪が明けたら、当分はこのまま営業をつづけるということだ。

二人の社員――永岡と東木――はそれぞれ二十年と十年前後、この店で働いている。給与などの待遇はよく、甲戸は家族同様に面倒を見ていたそうだ。二人とも「何とか頑張って、お嬢さんをもりたててゆきたいと思っています」と殊勝なことを言ってくれている。

しかし、その二人も警察の取り調べには参ったらしい。

「まるでわれわれが社長をどうにかしたのではないかと言わんばかりで訊問《じんもん》したくせに、最後にはどうやら自殺らしいだなんて、人をばかにするのもほどがあります」

永岡は思い出すのもうんざりする――というように、顔をしかめた。

「ごめんなさい、迷惑かけて」

麻矢は悲しそうに詫《わ》びた。

「いいえ、お嬢さん、悪いのは警察で、社長やお嬢さんではありませんよ。それに、社長は絶対に自殺なんかされるような人じゃありません。あれは何者かの仕業に決まっているのです」

その点については、東木もまったく同意見であった。

「警察は社長が自分で鍵《かぎ》をかけ、その鍵を窓から投げたのだとか、ばかなことを言っているのですよ。自殺する人が、いったい何のためにそんなことをしなきゃならないのかって訊《き》いたら、それは保険金のためだって言うのです」

「なるほど……」

浅見は頷いた。

「たしかにそういう考え方もできますね。自殺では保険金はもらえないケースが多いはずですから」

「浅見さん！……」

東木は素早く麻矢に視線を送って、浅見の配慮のなさを窘《たしな》めた。

「あ、失礼、僕が言ったのは一般論にすぎません。しかし、警察が考えそうなことであることも事実です」

「うちの社長にかぎって、そんなことはあり得ませんよ。第一、自殺しなければならない事情なんて、何もないのですからね。ねえ永岡さん、そうでしょう？」

「ああ、もちろんそのとおりですよ。社長はいたって健康だったし、仕事のほうも順調にいっているし、第一、お嬢さんを残して自殺なんかするはずがないじゃありませんか」

「それは私もそう思います」

麻矢が悲しそうに言った。

「父は私に何の相談もなく、勝手に死んでしまうような人じゃありません。それに、いくら私が呑気《のんき》でも、父が自殺するほど追い詰められていれば、気がつきます」

「そうですよ」と東木は頷いた。

「ところが、私がそのことを言うと、警察はそれじゃあんたたちをまず調べなきゃならない——なんて言うのです。社長にいちばん近い人間から疑ってかかるのが、警察のやり方なのだそうです」

「だったら私だわ」

「いや、お嬢さんはべつですよ」

永岡と東木は一緒に、慌てて手を横に振った。

「じつは、私のところにも刑事が来たのですよ」

三郷が静かに言った。

「さいわい私にはアリバイがあったのだが、かなり執拗《しつよう》に確認していたようだから、疑っているのかもしれません」

「そんな、おじさまがそんなことするはずはないわ」

麻矢は三郷の代わりに憤慨した。

「いやいや、そうではない。警察はあらゆる可能性を想定して、捜査を進めるものだからね、親友といえども、一応、きちんと調べるものです」

「それはそうですけど……ほんとのことを言うと、このあいだ病院で、父は自殺だって言ったのは、そんなふうに皆さんに迷惑をかけることになるのが怖かったからなんです。私だって、父が自殺するなんて、信じる信じないの問題ではなく、絶対にあり得ないと思ってましたけど……でも、実際、あれから警察は、私のこともすっごくしつこく調べました。ボーイフレンドのこともです。そんなことをするような相手はいないって、いくら言っても信用しないんですよね。結局、何人かの名前を挙げちゃうことになって、みんなに迷惑かけました」

「それで、どうだったのですか？　疑わしい人物は見つからなかった様子ですか？」

浅見は真顔で訊いた。

「当たり前ですよ、そんなの」

麻矢は呆《あき》れて、まるで警察の理不尽に抗議するように、口を尖《とが》らせて言った。

「そうすると、結局、警察は容疑を向ける相手が一人もいない——と判断するほかはなかったというわけですね」

「じゃあ、浅見さんも、父は自殺だっておっしゃるのですか？」

「いいえ、お父さんは殺されたのですよ」

「そうでしょう？……えっ？　殺されたって、ほんとにそう思うんですか？」

「そうですよ」

浅見があまりにもあっさり言ったので、麻矢は張り詰めたものがスーッと抜けていってしまったらしい。

「浅見さん、甲戸さんが殺されたと、どうしてそう思われるのですか？」

三郷が訊いた。浅見はその顔を見て、不思議そうに言った。

「だって、僕なんかより、みなさんがそう信じていらっしゃるのでしょう？」

「ん？　ああ、それはまあ、そのとおりですがね。しかし、私のは観念的にそう思うだけで、理論的な裏付けは何もありはしないのです。ただ、彼が自殺などするはずはないというのは、変えようがない信念ですがね」

「私たちも同じです」

永岡が東木と顔を見合わせて、言った。

「社長が自殺なんかしないとは思っておりますが、しかし、なぜと訊かれると、分からないのです。ただ、よく魔がさしたとか、そういうこともありうるわけでして……どうもよく分かりません」

「でも、父はやっぱり自殺なんかする人だとは思えませんよ」

最後の結論のように、麻矢が言った。

「そうでしょう」

浅見は大きく頷《うなず》いた。

「そんなにまで、甲戸さんのことをよくご存じのみなさんが、断固として自殺を否定されるのですからね、僕みたいな何も知らない人間は当然、殺されたと考えるしかないはずでしょう。理論もクソもないのです。警察のように、なまじ、密室だとか、容疑を向ける相手がいないとか、状況から判断して、自殺かもしれない――などと迷うから、見えるものも見えてこないし、事件の謎を解明する姿勢も、曖昧《あいまい》になってしまうのですよ。これは他殺なのだ――そう決めてしまえば、エネルギーのすべてを、その方向に向けることができるというのに、です」

三郷伴太郎をはじめとする四人が、あっけに取られて、浅見の顔を見つめ、雄弁に聞き惚《ほ》れていた。

「ほんとだわ、浅見さんのおっしゃるとおりですよね。警察は分かっていないんです」

麻矢は悔しそうに唇を嚙《か》んだ。

三郷がひと足先に帰り、麻矢は駐車場のあるビルまで、浅見を送って出た。

伊勢佐木町は賑《にぎ》やかな街だ。とてつもない不幸を背負ってしまった、若くて美しい女性のことも、この街を彩るアクセサリーででもあるかのように、若者のグループが無遠慮に振り返って行った。

「あのカレンダーに書かれていた『ふるさともとめて』ですが」

浅見はまっすぐ前を見て歩きながら、言った。

「あの文句と、それから、三郷さんに届けられた『はないちもんめ』の文句を書いた紙片とは、きっとどこかで繫《つな》がりあっているにちがいありませんよ」

「繫がっているって、それはどういう意味があるのかしら？」

「さあ……」

浅見は遠い北の空を見上げた。

「そうそう、甲戸さんのお宅は、昔の出身地はどこなのですか？」

「私は横浜ですけど、父は子供のころ、東北にいたみたいです」

「東北？　東北のどこですか？」

「よく知りません。訊いても、はっきり言わなかったんです」

「山形じゃないですか？」

「さあ、そうかもしれませんけど。でも、山形だと何かあるのですか？」

浅見はそれには答えずに、また空を仰いで、「それを解く鍵《かぎ》は、『ふるさともとめて　はないちもんめ』にあるかもしれません」と言った。

第三章　ここはどこの細道じゃ

1

札幌のリサイタルも満員の盛況であった。昨夜のうちから行列ができて、入りきれない客が、ホールの関係者と、入口で押し合いへし合いして、揉《も》めていたそうだ。

「せめて一週間に二回……いや、十日に二回でもいいんですが、演奏会を組めるとありがたいのですけどねえ」

矢代は慨嘆した。

一週に一回――というのを、いまのところ夕鶴は鉄則にしている。それでも多すぎると思っている。

夕鶴はまだ、公演を楽しむところまで達していない。世界的なアーティストたちが、ステージで、自らも酔いながら、楽しそうに演奏しているのを見ると、まだまだだなあ——と、つくづく思う。夕鶴の場合には、楽しむどころか、アンコールが苦痛に感じるほど、全精力を費やしてしまう。

その夜は興奮で、ハイな気分でいられるけれど、その反動のように、翌日の朝など、全身に鉄のおもりをつけられたような疲労感に打ちのめされるのだ。

関係者とのディナーパーティーがお開きになって、矢代は二次会に誘われて薄野《すすきの》へ出るという。

「明日は十一時のフライトですからね」

部屋に戻る夕鶴をエレベーターまで送ってきて、矢代が念を押した。

「ホテルは遅くとも九時にチェックアウトします」

「はい」とエレベーターに乗りかけて、夕鶴は「あっ、ちょっと待って」とロビーに飛び出した。

「明日、私は別行動で帰りたいのですけど」

「えっ、そうですか」

矢代は困った顔をした。

「少し寝坊したいし、たまには札幌の街を見て歩きたいし」

「そう、ですか……じゃあ、僕も付き合いますよ」

「ううん、いいんです、独りのほうが。気儘《きまま》だし、それに、女の子の行きたいところって、つまらないでしょう」

「はあ、それはそうかもしれないけど……しかし、心配だなあ。いろんなファンがいますからね。怪我でもされちゃ大変だ」

「大丈夫ですよ、帽子か何かで、変装して歩きますから」

「そうですか、大丈夫ですか」

矢代はあまり感心しない顔だったが、最後には諦《あきら》めた。

部屋に戻ると、夕鶴はフロントに山形行きの飛行機の便を問い合わせた。札幌―山形間は一日一便だけ航行されているという。フライトは十時二十五分であった。

いったん置いた受話器を握り直して、夕鶴は浅見光彦のところに電話をかけた。

夜、男性に電話をかける、それも両親に内緒で――なんて、夕鶴にとっては、はじめてといっていい体験であった。プッシュボタンを押しながら、コンクールの決選のステージに立つときと同じくらいに緊張し、胸がキュッとなった。

――はい、浅見でございます。

若い女性の声が出た。

夕鶴はたじろいだ。テンから浅見本人の、心地好《よ》いバリトンが出るものとばかり思っていたのだ。

「あ、あの、浅見さん、いらっしゃいますか？」

言ってしまってから、何てばかなことを言ったのだろう——と、胸のうちで自分を罵《ののし》った。浅見家に電話して、「浅見さんいらっしゃいますか」もないものだ。

——はい、あの、こちら、浅見でございますが、どちらさまでしょうか？

先方も当惑したにちがいない。

「失礼しました。三郷と申しますが、浅見光彦さんをお願いします」

——坊ちゃまですか？　坊ちゃまはただいま留守でございますけれど。

妙に冷たい口調で答えた。口振りから察すると、お手伝いさんらしい。

（坊ちゃまだなんて——）

三十三歳の大の男が——と思うと、おかしかった。

「いつごろお帰りになりますか？」

——さあ、分かりかねますですが。

「そうですか……それでは、またあらためてお電話します」

——何か、ご伝言がございましたら、承《うけたまわ》りますけれど。

「いえ、それには及びません。どうも失礼いたしました」

夕鶴も少し切口上になって、電話を切った。相手の女性の口調には、何となく、敵意を感じさせるような気配があった。

（もしかすると、彼女は「坊ちゃま」を愛しているのかもしれない——）

女の直感で、夕鶴はそう思った。

驚いたことに、その彼女に対して、夕鶴は嫉妬《しっと》を感じたのだ。彼女が浅見の傍《そば》にいて、あたかも矢代マネージャーのように、浅見という男を「仕切って」いることに、強い羨望《せんぼう》を抱いたのである。

「ばかねえ」

夕鶴は声に出して自嘲《じちょう》した。それで振り捨てたつもりだったけれど、その夜、ベッドに入ってから長いこと、見知らぬ彼女の幻影に悩まされ、寝つけなかった。

翌朝の目覚し時計は、七時にセットしておいた。矢代の出発とかち合わないように、少し早めにチェックアウトしなければならないのだ。

ホテルの部屋を出る寸前、急に心細くなったけれど、浅見のところに電話する勇気も湧かなかった。

山形には十二時前についた。サクランボ畑の真ん中のようなところに飛行場があった。空港タクシーに乗って、運転手に「ヤチっていうところ、分かりますか？」と訊《き》いた。

「ヤチというと、河北町《かほくちょう》の谷地《やち》ですか？」

「たぶんそうだと思いますけど……紅花《べにばな》のとれるところです」

「ああ、んだば河北町です」

運転手は心得て車を走らせた。

「お客さん、北海道からみえたすか?」

「ええ、でも、ほんとは東京です」

「そうかね、東京から北海道まわりかね。したば、観光ですか?」

「ええ、まあそうです」

「それだったら、紅花記念館さ行かれたらいいんでねすか。河北町では、最大の売り物だすけな」

「そうですね、そこ、お願いします」

夕鶴は願ってもない——と思った。とにかく、さしあたりは、「紅花」と名のつくところならどこでもいいのだ。

遠くに山並みは見えるけれど、平坦《へいたん》な道がつづいた。川を渡る橋の上で、運転手は「これは最上《もがみ》川だす」と解説した。

「思ったより細い川なんですね」

「いやあ、このあたりはだいぶん上流だすけな。んでも、紅花だとか米を積んだ船は、ここらの港から河口の酒田《さかた》さ船出して行ったのだすよ。これから行く紅花記念館も、昔は三郷さまといって、紅花大尽の屋敷だったのを、町さ寄付されたのだそうだす」

「えっ、そうなんですか?」

夕鶴はびっくりしたが、その驚きを運転手は別の意味に受け取った。

「まったく、金持ちのすることは、われわれ庶民には分かんねえすな。そんくれえの財産があったら、売り飛ばして、貯金して、左団扇《ひだりうちわ》で暮らすけんどねす」

夕鶴は三郷家にそんな「過去」があったなんて、ただの一度も父親から聞いたためしがなかった。

だいたい、父の伴太郎は山形に三郷家のルーツがあること自体、まったくと言っていいくらい、話さないのだ。祖父母から聞いた、かすかな記憶がなければ、夕鶴は永久に山形が「ふるさと」であることを知らないまま、一生を終えていたかもしれない。

歩道に雁木《がんぎ》のようなアーケードのある街を抜けて、水田地帯に出たところに、紅花記念館があった。

周囲に堀と塀をめぐらせた、おそらく一万坪を超える敷地だろうか、城郭のようなたたずまいだ。大庄屋《しょうや》の屋敷を改築したらしい建物がいくつかと、その奥のほうに鉄筋コンクリートの瀟洒《しょうしゃ》な建物が見えた。

「ずいぶん大きいのね……」

夕鶴は緊張のあまり、少し声が震えた。

「んだすべ、大きいすべ」

運転手は、まるで自分の家を自慢するように、言った。

車を出るときに、夕鶴はバッグからつばの広い帽子を出して被《かぶ》った。こんなところで、誰か顔を知っている人に会うとは考えられないけれど、用心するに越したことはない。サングラスもかけようかと思ったが、かえって目立つような気がして、やめた。長屋門のところで入場券を買った。そこから石畳の道がずっと奥までつづいている。休日ではないので、お客はチラホラ程度しかいなかった。道の左右に民俗資料館や農民兵の資料を集めた建物もあったが、夕鶴はまっすぐ「紅花の館」という名前の、鉄筋コンクリートの建物をめざした。

敷地内には古い屋敷や土蔵、それに御朱印蔵《ごしゅいんぐら》などが散見される。それらの建物に、何代か前の自分の先祖が、実際に住んでいたのかと思うと、夕鶴は異次元の世界にでも紛れ込んだような気分で、足がすくんだ。

紅花の館は二階建てだが、豪勢な造りの建物であった。一階ホールに入ると、ちょうど、十人ばかりのグループ客に、老人の館員が解説をしているところだった。

夕鶴はちゃっかり、その人々の後ろで解説に耳を傾けた。

紅花はいうまでもなく、染料であり、口紅の原料として栽培された花のことである。明治初期まで、わが国にかぎらず、紅花は「紅」の原料としては最高——というより、唯一のものというべき存在だった。近代になって、化学染料が発明され、急速に衰微し、ほとんど消滅したけれど、その昔は、もっぱら高貴の女性たちに供され、一般庶民には文字どおり高嶺《たかね》の花だったのである。

「花一匁、金一匁といわれたほどなのであります」

老人の解説は、ひときわ声高になった。

夕鶴は、ドキッとした。老人の言った「はないちもんめ」という言葉が、もろに心臓に突き刺さったような気がした。

老人の解説はなかなかの名調子で、流暢《りゅうちょう》につづいた。

「近頃では、外国旅行のお土産に、グッチだとかシャネルだとかが人気でありますが、かつては、大名の奥方から、遊郭の太夫《たゆう》、飯盛女《めしもりおんな》にいたるまで、女性へのお土産は、この紅が何よりも喜ばれたのです。かつて、貧しい農民の娘を買って遊女にしようとするのに、女衒《ぜげん》どもが、『白粉《おしろい》つけて紅つけて、赤いべべ着て……』などと、楽な暮らしができることを強調したのでありますが、そこでも、紅であるとか、赤い着物――つまり紅色に染め上げた着物をチラつかせて、女の子を口説いているわけです」

その瞬間、夕鶴は胸騒ぎを覚えた。

――あの子がほしい――

という声が、どこかで聞こえたような幻覚がした。

――はないちもんめ――

——あの子がほしい——

——ふるさともとめて——

聞いたはずもない歌声が、切れぎれに、頭の中を流れていった。

——あの子がほしい——

夕鶴はもう、老人の声も聞こえなくなっていた。耳で鳴っているのは、自分自身の心が奏でる歌声だけであった。いくつもの音階が、それぞれの倍音を複雑に重ねあわせて、ワーンという音の大集団となった。

ふいに静寂が訪れた。

老人は解説をやめ夕鶴を見つめている。客たちの目も、老人の視線を辿《たど》って、すべて、夕鶴に注がれていた。

夕鶴は「はっ」として、人々の群れから離れ、次の展示コーナーへ足早に向かった。

2

第二展示室には紅花染めの、あざやかで艶《あで》やかな振《ふ》り袖《そで》などが展示してあった。そのみごとな紅色が、どちらかというと、だいだい色から黄色に近い紅花から生まれるのが、不思議に思える。

青は藍《あい》より出《い》でて藍よりも青し――というのと、よく似ているところからなのか、紅花染めの染料を「紅藍《くれない》」と当て字をする。

紅花の色素は、紅色と黄色によって構成されている。黄色は水に溶けやすい性質を持っている。そこで、紅花を刻んで、せんべいほどの大きさに固めた「餅《もち》」を、何度も水に漬け込み、黄色の色素を落として、しだいに紅色だけを残してゆく。

紅花は朝露のある間に摘め――という。紅花のトゲは乾くと指を刺すのである。この紅花を摘む作業に始まって、完全な染料が完成するまで、二十段階の手間をかけなければならないそうだ。

そういった事柄が、展示物を見ながら、しぜんに理解されるようになっている。

しかし、夕鶴の目は展示物を眺めていても、心はあらぬ方角へ向かっていた。解説の老人が言っていた、何でもないようなことが、夕鶴の胸にグサリと突き刺さった感じがする。

――農民の娘を買って遊女に――

――紅花《はな》一匁――

――金一匁――

この言葉と、父親に宛てた伝言の「はないちもんめ」とが、奇妙にからみあって、頭の中でグルグル回った。

どれもこれも、生まれてはじめて聞いたはずのことなのに、なぜか、いつか、どこかで聞いたようなひびきで、夕鶴の心の琴線《きんせん》にふれてくる。

それは、タクシーが紅花記念館に到着した瞬間に覚えた、体が震えるような感覚と通じるものであった。

（なぜなのかしら？——）

夕鶴がたった一つだけ所有していた、いわばキーワードは「ヤチ」という言葉だ。祖父母の会話の中に、しばしば「ヤチ」という言葉が現われたのを、無意識のうちに記憶していたにちがいない。

それが、過去の三郷家への門を開く鍵《かぎ》になるとは、夕鶴は誰にも教わっていない。飛行機が山形空港に下り立つまで、夕鶴の脳裏にその言葉は浮かんでなかった。到着ロビーに出て、タクシー乗り場に並び、タクシーに乗り込むまでもそうだった。にもかかわらず、夕鶴は「ヤチ」という、意味もさだかでない言葉を、タクシーの運転手に言った。

そのときから、夕鶴の意識の深層で、三郷家の過去へと遡《さかのぼ》る道が開け、幻覚の旅が始まったのかもしれない。

夕鶴は恐ろしくなった。この紅藍に彩られた館の中で、自分がどこか、異次元空間へ踏み迷うような予感に襲われた。

（逃げよう――）

夕鶴は四方の壁を見回した。出口は二つある。どちらも暗黒の四角い口を、アングリと開けている。夕鶴はいま来た方角――と信じた口へ向かった。

目の前に、あの解説の老人が現われた。老人にその意志があるのかないのか分からないけれど、夕鶴は彼が行く手に立ちはだかったように思った。

いや、実際、老人は覗《のぞ》き込むような目で、夕鶴をじっと見つめていた。深く窪《くぼ》んだ目は、しかし獲物を狙うタカの目ではなく、むしろ、どことなく、脅《おび》えた小鳥のそれを連想させた。

「まさか……」と老人は呟《つぶや》いた。

「なんじゃとて……」とも言った。

そして、最後に溜《た》め息まじりに、「おみえにならねえほうが、えかったすけな」と言った。

「あの、私のこと、ご存じなんですか？」

夕鶴は訊《き》いた。

「もちろん知っております、嬢さま」

「あなたはどなたですか？」

「わしは横堀《よこぼり》といいます。沢太郎《さわたろう》さまのお相手をしておった者です」

移り住んだ。

「お祖父《じい》さまの?」

三郷沢太郎は伴太郎の父で、その父親が当主だったときに、この土地を離れ東京に移り住んだ。

「いま、私が来ないほうがよかったって、そうおっしゃいました?」

そのとき、隣の展示室から客が来るらしい気配がした。

「嬢さま、こちらに応接室がありますので」

老人は夕鶴の脇をすり抜けて、部屋の横にある、ほとんど壁とまぎらわしいドアを開けた。そこは畳数にして二十畳ほどの洋間で、趣味のいい応接セットがあった。

夕鶴は老人の後につづいて入り、勧められるまま、ソファーに座った。

「いまお訊きになったことですが」と、老人は正面の椅子に腰を下ろすと、言った。

「たしかに、おみえにならんほうが、お身のためと申し上げました」

「身のため?……というと、何か、よくないことがあるのですか?」

「それは、はっきりそうだとは断言できませんが……ここまで来られるあいだ、誰と会われましたか?」

「誰とって、誰とも……タクシーの運転手さんと、入口の係の人と、それから、さっきのお客さんたちと、あなたと……それだけですけど」

「駅では、もっと大勢の者たちと会ったたんでねえすか?」

「あ、空港から来たのですけど」

「空港でも同じことです。誰に見られたか、憶《おぼ》えておられねえすか？」

「それは大勢の人がいましたから、誰かが見ていたかもしれませんけど……だけど、私は人のこと、いちいち見たりしていませんもの、分かりませんよ」

夕鶴は、老人の奇妙な危惧《きぐ》が、少し煩わしく、鬱陶《うっとう》しく思えてきた。

「それって、どういうことなのですか？　誰かに見られると、何か不都合なことがあるのですか？」

「帰って参っておるのです。町の中をうろついているのを、見た者がおるのです」

「えっ？　ちょっと待って、帰って来たって、誰がですか？」

「ああ、嬢さまはご存じねえことでありましたか」

老人はしきりに首を横に振った。

「もう、はあ、三十五年にもなることでしたかなや」

「三十五年……だったら、私が生まれるずっと前のことですね」

「そうでした……その、ずっと長い時間を乗り越えて、あの男は帰って参ったのですなあ」

「あの男って、その人、いったい誰なんですか？」

「黒崎《くろさき》という男です。黒崎賀久男《かくお》」

横堀老人は、テーブルの上にメモ用紙を置いて、ボールペンで名前を書いた。

「知らない人ですね。黒崎っていう名前自体、知りませんもの」

「昔、三郷さまのお屋敷で働いておった者の倅《せがれ》でした」

「そうなんですか」

夕鶴にはピンとこないことであった。終戦と同時に農地改革の波が押し寄せて、大庄屋《しょうや》の三郷家も解体した。その前のことなど、夕鶴が知るよしもない。祖父母も父親も、その時代のことはほとんど話してくれていなかった。

「その人、どこへ行っていたんですか？　三十五年ぶりっていうと、外国ですか？」

「いや、北海道の網走《あばしり》でした」

「北海道……」

夕鶴はついさっきまでいた北海道を思った。

「北海道だったら、すぐに帰って来られたでしょうに」

「ははは……」

横堀は、夕鶴と会ってはじめて、気が抜けたように笑った。

「嬢さまは、まことに何もご存じない方でありますなや。北海道の網走といえば、刑務所のあるところでありましょうが」

「あ、そうなんですか、すみません、知らなかったもので」

「いやいや、それはそれでよろしいのでしょう。伴太郎さまは、嬢さまに、この世の醜いものを何も教えねえようになさったにちがいねえすな」

たしかにそうかもしれなかった。夕鶴は幼稚園から高校まで、四谷《よつや》にあるミッションスクールに通った。それもずっと、車で往復して、道草を食うどころか、友人の家に遊びに行くときでさえ、時刻を決めて車の送り迎えがついた。

自宅ではテレビはいっさい御法度《ごはっと》。雑誌もほとんど置かない。勉強以外の時間はピアノのレッスン。余暇があれば、またピアノのために当てられ、ごくまれにテニスを楽しむ程度だった。

そういう子弟の多い学園だったから、似たような環境に置かれている子も少なくなかったけれど、それでも時折、学友に「あなたは信じられないくらい、純粋培養ね」と冷やかされるような毎日を送っていたのだ。

「刑務所に三十五年間も……というと、その人、何かよほど重大な事件を起こした人なんですか？」

「まあ、そう申してよろしいでしょう。無期懲役でしたので」

「無期懲役……でも、刑務所を出てきたのでしょう？」

「さようです。無期といっても、心掛けしだいでは刑が軽くなるものなのです。黒崎も本来ならば、二十年かそこらで出てこられたかもしれねかったすけが、何度も脱走事件を繰り返すもんで、だんだん長くなってしまったという噂でした」

「その人、何をしたのですか?」

「殺人です」

「殺人……」

「その上に、何といいますか、その、暴行罪が加わっておりましてなす」

横堀老人は、ひどく言いにくそうに、脇を向きながら、早口で言った。

「まあっ……それだったら、仕方ありませんよね。でも、そんな怖い人が出てきて、また何かしなければいいけれど……」

「そのことを申しておるのです。黒崎は必ず復讐《ふくしゅう》をしに戻って来ると、誰しもが恐れておったのでした」

「復讐? そんな、自分が悪いことをしておいて、復讐だなんて、それは逆恨みっていうものでしょう。そんなことをしたら、今度こそ死刑になっちゃうのじゃないかしら」

「もとより、それは覚悟の上でありましょうな」

「でも、いったい、どうして、誰に復讐しようと考えているんですか?」

夕鶴の問いに、横堀は辛《つら》そうにそっぽを向き、しばらく逡巡《しゅんじゅん》してから、言った。

「黒崎は、裁判を通じて、一貫して、無実の罪に陥れられたと主張しておったのです」

「無実の罪？……それ、ほんとうのことなんですか？」

「それは……詳しいことは分かりませんが、裁判所が有罪の判決を下したことだけは確かです」

「でしたら」

「しかし、当時の日本の司法は、刑事訴訟法が改正されたばかりでありまして、ずいぶん乱暴な裁判も行なわれ、無実の罪に服した人がたくさん出たことも事実なのでした」

「そうなんですか……」

いずれにしても、夕鶴には時間も距離も遠い世界の話であった。

その気持ちが表情に出たのだろうか、横堀は夕鶴の無関心を窘《たしな》めるような口調で言った。

「刑務所の三十五年は、黒崎の復讐心にとっては一年……いや、一日と同じくらい、止まったままの時間ではねかったすかなあ。黒崎の肉体は三十五年分、歳を取ったけんど、恨みのほうは、いまでも若いときのままでおるのではねえでしょうか」

「でも、誰なんですか？　その人を無実の罪に陥れた人は」

「いや、黒崎の言っていることが事実かどうかは分からねえすから、いちがいには言えねえことですけ」

「でも、とにかく、黒崎という人は、無実の罪に陥れられたことを信じているのでしょう？ その復讐の対象になっている人は、誰なんですか？ まさか裁判官とか、警察とか、そういう人たちではないのでしょう？」

「黒崎が有罪になったのは、何人かの人の証言によるものでした」

横堀は苦渋に満ちた顔になった。

「その証言をした人たちに復讐しようというのでしょうなあ」

「それが私とどう関係があるのかしら？ まさか……あの、私の父がそのことに関係しているのですか？」

「はい、そのとおりです」

「じゃあ、父が証言をした一人……」

夕鶴は息を飲んだ。

「父が、その人のこと、罪に陥れたっていうことなんですか？」

横堀老人は首を傾げながら、ぎこちなく左右に振った。肯定とも否定とも受け取れる動作だ。

「どうなんですか？ 父が狙われているのですか？ その人、父に復讐しようとしているのですか？」

夕鶴は焦《じ》れて、たたみこむように訊《き》いた。

「おそらく……その事件の際に、法廷で証言した何人かのうちのお一人が伴太郎さまでありましたので」

「じゃあ、それが、父の証言が偽証だったって、そう信じているわけですか？　どうして……父がなぜ偽証なんかしたのですか？　そんな……罪に陥れるなんて、そんなこと、どうして……」

「まあまあ……」

横堀は少しうろたえて、腰を浮かせ、両手を前に突き出して、夕鶴の興奮を鎮めるような仕種《しぐさ》をした。

「じつを申さば、わしも証言をした者の一人でありまして、伴太郎さまがこうこうだとおっしゃるとおりのことを申し述べたのでしたが、さっきも言いましたように、それがはたして偽証であるかどうかは分からねえのですけ」

「でも、少なくともその人は、そう信じているわけでしょう？　いえ、あなたのいまのおっしゃり方だと、やっぱり父が偽証していて、あなたにも偽証を依頼したように聞こえます」

「…………」

横堀は黙って、憮然《ぶぜん》とした顔を天井に向けた。

「ほら、そうなのでしょう？　違うのですか？　本当のところは、どうなんですか？」

「いや、そんなふうに言わねえでください。わしらには本当のことは分からねえのですけな。ただ、はっきりしていることは、伴太郎さまをはじめ、わしたちが、法廷で証言したことによって、黒崎が有罪になったということであります。証言席におられる伴太郎さまに、黒崎は『嘘だ！』と怒鳴って……そのときの情景は、いまでもありありと思い出すことができるくれえでありますが、法廷で暴れて、叫んで、泣きわめいて……そりゃもう、大変な騒ぎでしたなあ」

横堀の話を聞いているうちに、夕鶴もそのときの法廷の情景が目に浮かぶような気がしてきた。

「まるで、エドモン・ダンテスみたい……」

「は？……」

横堀には「巌窟王《がんくつおう》」の主人公の名前は通じなかったようだ。

しかし、夕鶴は「モンテ・クリスト伯」の冒頭で、ダンテスが無実の罪に陥れられるシーンをすぐに思い出した。愛するフィアンセから引き離され、孤島の岩牢《いわろう》に幽閉されるダンテスの怒りと苦悩と絶望が、その黒崎という男のそれと重なった。

「もし……」と、夕鶴は戦《おのの》くような想いで言った。

「黒崎という人の言うとおり、偽証が本当にあったのだとしたら、復讐が行なわれても不思議はないですね」

「なんということを……」

「でも、あなたがおっしゃったとおりだとすると、その人、絶対に復讐するわ。だって、きっとその人、三十五年のあいだ、ずっとそのこと——復讐することだけを考えて、それを生き甲斐《がい》にしていたにちがいありませんもの」

「うーん……」

横堀は呻《うめ》いた。

「でも、どうして……まさか、父は本当に偽証したわけではないのでしょう？」

夕鶴は横堀の顔を覗《のぞ》き込んだ。

「も、もちろんでございましょう」

横堀は明らかにうろたえている。

「いや、結果はですね、結果として間違った証言になったということは、それは絶対にあり得ねえとは言わねえすけど、それを承知の上で偽証したというようなことは……」

しきりに首を振っている。横堀が首を振るごとに夕鶴は「偽証」への疑惑が一つずつ深まるような気がした。

「だけど変だわ……」

夕鶴はふと気がついた。

「かりに、その黒崎っていう人が復讐を考えているとしても、それと私とどういう関係があるんですか？　どうして、私が山形に来ないほうがよかったのですか？　第一、私が山形に来たっていうことが、どうして分かるのかしら？　私は山形なんてはじめてだし……そういえば、横堀さんにもお会いしたことはないのでしょう？」

「お会いしねえでも、わしのほうは存じ上げております。いや、黒崎もきっと、あなたのことは分かるはずで……」

「まさか、そんなことがあるはず……あ、写真ですか？　何かの雑誌に出ていた」

コンクールの入選で、夕鶴の記事がいくつかの新聞や雑誌に出た。中には大きなグラビアで紹介した雑誌もある。

しかし、横堀は「いやいや」と首を横に振った。

「わしは写真を見ておらねえすが、ひと目で嬢さまのことは分かりました。わしもあの男も、写真で拝見しておらなくとも、嬢さまはちゃんと識別できるのです」

「えっ、どうしてですか？」

「それは、あれだねす……つまりその、よく似ておいでだものですけ」

「似ているって……ああ、母にですか？　それはたしかに、母にそっくりだって言われますけど。そうなんですか、母のことは知っているのですね」

「はい、嬢さまはじつにお母さま似でありますなあ。先程お目にかかったとき、瞬間、錯覚したほどでした。すぐに、ああ、そうではねえ、この方は嬢さまの夕鶴さまだと気がつきましたがねす」

懐かしそうに言う横堀老人の顔を見つめていて、夕鶴は愕然《がくぜん》と気がついた。

「えっ、それじゃ、もしかすると、その黒崎っていう人、私を母と勘違いして……そういう意味なんですか？」

横堀は黙って、なかば俯《うつむ》いた。

「そうなの……そうなんですね。母が何か、その人の事件のことに関わっているんですね？」

夕鶴は母親の輝子の、どことなく哀愁を帯びた白い貌《かお》を思い浮かべた。いまでも、たしかに夕鶴と似た部分があるくらいだから、若いころの母は自分とはさぞかしそっくりだったにちがいない。ただ、夕鶴には輝子のようなしとやかさや、哀愁の気配はない。

夕鶴はいつでも前向きに生きていこうとする女だ。ピアノのこと以外は、きわめて保守的に育てられていながら、夕鶴は名前のとおりに、大空に羽ばたくことを夢見ていなければ気がすまない性格である。親としては、嫁入り道具の一つぐらいに考えていたピアノで、世界の檜舞台《ひのきぶたい》に立とうと決めたのも、夕鶴本人の意志なのである。その自分が、さっき会ったとき、ひと目でそれと分かるほど、あの母親とそっくりな顔をしていた、と横堀が言うくらいだから、よほど深刻そうな顔だったにちがいない――と夕鶴は思った。

しかし、実際、話はきわめて深刻なことになりつつあった。

三十五年前に起きた「殺人事件」の犯人として、無期懲役で刑務所に入った黒崎という男が、じつは無実の罪であったかもしれないこと。

その無実の罪に陥れた「偽証」の主が、夕鶴の父親・三郷伴太郎だったこと。

出所した黒崎が、復讐《ふくしゅう》のために山形に帰ってきたこと。

それらのことと、夕鶴の母親・輝子が夕鶴とそっくりであって、だからこそ、夕鶴が山形に来てはいけない――ということと、どう結びつくのだろう？

夕鶴は彼女自身が、何か不可解で不愉快な冤罪《えんざい》に陥れられつつあるような気分で、眉《まゆ》をひそめて横堀の顔を睨《にら》んだ。

3

横堀は夕鶴の視線をまともに受けると、一秒ともたずに視線を外そうとする。その卑屈とも見える仕種《しぐさ》は、ことによると、長いあいだ三郷家に仕えていたことの証明なのかもしれなかった。

「三十五年前なんて、私にはとても想像できない昔だわ」

夕鶴は、しばらく横堀の顔を見つめてから、吐息のようにそう言った。

「三十五年前というと、父は二十三か四、母は二十一歳か、そのくらいでしょう。姉が生まれたのがそれから四年あと……思い浮かべろっていうのが無理だわ」

「それはそうでしょうなあ」

「その人——黒崎っていう人は、いまいくつなんですか？」

「伴太郎さまより一つ上かと思いますが」

「そうなんですか……」

五十九歳か、ひょっとすると還暦を迎える男である。過ぎてきた三十五年は、その男にとって何だったのだろう？　人生でいちばん大切で充実しているはずの歳月を、その男は復讐を念じることだけに費やして、生きてきたのだろうか。

「そのころの母を、その人、知っているのですね？」

「はあ、まあ……」

「でも、母は東京で生まれて東京で育った人でしょう。だのに、どうして知っていたのかしら？」

輝子の実家・軽部《かるべ》家は東京の麻布《あざぶ》にあったと聞いている。しかし、軽部家の人は輝子以外にはいないそうだ。東京が空襲に遭ったときに、輝子だけが助かったという話を、誰かに聞いた記憶がある。

ただ、どういうわけか、その話を含めて、父も母も、それに祖父母も、昔の話はあまりしたがらなかったような気がする。夕鶴が、この山形の「故郷」のことをほとんど知らないのは、そのせいなのだ。

「横堀さん」と、夕鶴は、つきつめた想いをぶつけるように、言った。

「私の家――三郷家のそのころのこと、あらいざらい話していただけませんか？」

「えっ、いや、それはだめです」

横堀は椅子から立ち上がり、全身で夕鶴の申し出を拒否した。

「いや、嬢さまに会って、びっくりしたもんで、ついついこれまで話してしまったですが、伴太郎さまに知れたら、頭から叱られるです。わしが、ここでこうして、なんとか仕事をさせていただいておりますのは、伴太郎さまのご好意でありますので、これ以上は立ち入ったことは申せませんです」

「そんなこと言って……黒崎という人が私に何をするか分からないのでしょう？　でしたら、中途半端なことですまさないで、ちゃんと説明してくださるべきです」

「いや、何とおっしゃられても、これ以上は勘弁していただきます」

「それじゃ、これだけは教えてください。その人、私に会ったら、どうしようというのですか？」

「それはまあ、分かりかねますけんど、いずれにしても、何をするか分からねえ男ではありますけ、用心するに越したことはねえわけでして」

「用心て、どう用心すればいいんですか？　第一、私にはその人の人相も、どこに住んでいる人なのかも分からないのですよ。用心のしようがないじゃないですか」

「そうですなあ、黒崎の写真でもあればよろしいのですがなあ……」

「何か、特徴はないのですか？　たとえば背は高い人ですか？　眼鏡は？」

「背は昔の人間にしては高いほうです。眼鏡はふだんはかけていねえはずです。歳のわりに若い顔をしておるが、頭は真っ白けで禿《は》げてはいねえようでした」

「それじゃ、ほとんど特徴がないのと同じじゃありませんか」

言いながら、夕鶴はふと、世田谷《せたがや》の自宅近くで会った「はないちもんめ」の男を思い出した。しかし、あの男が黒崎であるにしては、少し年齢が若すぎるようだ。

「そうだわ……横堀さん『はないちもんめ』ってご存じですか？」

夕鶴は訊《き》いた。

「はないちもんめ？……」

横堀は瞬間、ギクリとなったが、すぐにとぼけたような顔をつくろって、言った。

「はないちもんめというと、昔の童唄《わらべうた》でしたかなす」

「そうですけど、その文句に何か特別な意味があるはずなんです。そのこと、ご存じなんじゃありませんか？」

「えっ？　わしが、ですか？　特別な意味をですか？　いいや、存じねえすけど」

「その唄は、『あの子がほしい』って歌うのでしたね」

「はあ、そうでしたかなす……」

横堀は明らかにとぼけ切ろうとしているのが分かった。

「なぜこんなことを訊くかっていうと」と、夕鶴は、そういう横堀の逃げを許さない姿勢を見せた。

「このあいだ、おかしなことがあったからなのです」

見知らぬ男から「はないちもんめ」の紙片をもらった話をすると、横堀は表情をこわばらせた。

「横堀さんは、その男の人が誰か、心当たりはありませんか？」

「は？　いえ、まったく……」

「まさか、その人が黒崎という人じゃないのでしょうね？」

「それは違います」

横堀ははっきりと否定した。

「違うって、どうして分かるのですか？　私はその人のこと、いくつぐらいかとか、そういうことも何も説明していないのに」

「えっ、あ、いや、しかし分かります。黒崎はそんなことはしねえすから。それは別の人間です。黒崎とは違います」

「どうして分かるのですか？」

夕鶴は質問を重ねた。

「どうしてかといいますと……つまり、黒崎であれば、そういう、中途半端なことはしねえで、いきなり、その、何かをやらかすはずでありますで」

「何かって、たとえば殺すとか、ですか？」

「まあ、そういったことだなす」

「そんなに恐ろしい人なのですか？」

「まんず、そう思っていただいたほうが、間違えねえかなす。黒崎は精神状態がふつうでねえすけなあ」

「そうなのですか」

「とにかく、嬢さまには一刻も早く、東京にお帰りになるよう、お勧めしたいのです」

横堀は頭を下げて言った。

「いますぐに、と申したいのですが、遅くとも夜にならねえうちにここを発《た》たれたほうがよろしいかと……」

夕鶴は時計を見た。「夜になる」までにはまだ四、五時間のゆとりはある。

「分かりました」

夕鶴は立ち上がった。

「あの、これからどちらへ？　空港さ行きますか？」

「いいえ、もう少し、昔のことを調べるつもりです」

「昔のこととおっしゃると？」

「ですから、三郷家の昔のこと……どういう暮らしだったのかとか、三十五年前の事件のこととか、それから、紅花のこととか、『はないちもんめ』のこととか……知りたいことがずいぶんいっぱいあります。町の役場だとか、図書館だとか、お店なんかで訊けば、ある程度は分かるでしょう」

「それはお止めになったほうがよろしいかと思いますがねす。第一、図書館などという立派なものは、この町にはねえす。三郷さまの歴史であれば、ここにも資料があるし、わしからもご説明はしますがなす。それに、黒崎がこの辺りをうろついていねえともかぎらねえすけ、お止めになったほうがいいです。いや、止めてくらっせい」

横堀老人は真剣そのものの顔で、テーブルに額がつくくらい、頭を下げた。

「そう……ですか」

夕鶴は横堀の懇願を無視するわけにいかないと思った。

「それじゃ、資料を見せてください」

横堀は夕鶴を資料室に連れて行ってくれた。書庫と倉庫が一緒になったような、気密性の高い大きな部屋の一隅に、資料を閲覧できるスペースがあった。

横堀はそこのテーブルに、いくつかの印刷物や古文書のコピーなどを運んできた。

「これをひととおりご覧になれば、三郷家の歴史がお分かりになるでしょう」

資料をざっと説明して、「何かお訊きになりたいことがあれば、呼んでくらっせ」と行ってしまった。館内を巡回して、見学者に説明する役目があるのだろう。

資料によると、三郷家の祖先は、奥州《おうしゅう》に逃れてきた源 義経《みなもとのよしつね》の家来、三郷三郎伴家《ともいえ》という人物なのだそうだ。ゆえあってこの地に住むようになり、その何代か後、刀を棄て、谷地の商人に身を変えた。

当時、山形付近の山で銀が産出され、その発掘に当たった人々で、物資がさかんに流通したらしい。最上川の河港《かこう》であった谷地を押さえていた三郷家は、その時期に大発展を遂げている。

江戸末期には米、繊維製品、紅花等を扱う大商人であり、「紅花大尽」などとも呼ばれる一方、河北地方一帯の大庄屋《しょうや》として君臨していたということだ。

明治維新の際には農兵を組織して異変に対処したほどだから、その権勢ぶりがしのばれる。

明治政府樹立以後は東京にも積極的に進出、中央の政財界とも交流が深まり、大学の経営に参画するなど、しだいに郷里・山形から東京へ事業基盤を移した。昭和に入り、夕鶴の祖父母の時代になると、三郷家そのものが東京に移住し、山形には事業の経営管理に当たる人々だけが残った。

昭和二十年（一九四五）、東京・麻布の邸宅は空襲で全焼し、一族はふたたび山形に移り住んだ。敗戦につづく農地改革・財閥解体の荒波によって、三郷家は急速に衰退した。山形地方の各地にあった土地、山林などの多くを手放し、最後は河北町の土地、家屋だけが残った。

もっとも、三郷家の代々の当主は、なかなか経営の才に恵まれていたために、明治維新、関東大震災、恐慌、敗戦といった転変に対して、つねに被害を最小限に食い止めることには成功している。

農地のほとんどを収用されたといっても、三郷家が没落しきってしまうことはなかった。むしろ、平和な時代を迎えて、物産、貿易事業は活気を取り戻した。河北町の土地や屋敷はまだまだ広大だったし、東京の資産も少ないものではなかった。また、大学や文化関係の人々の人脈を通じて、進駐軍関係の仕事を受注するなど、苦しいながらも、戦後の混乱期をなんとか生き残った。

そして、朝鮮動乱の特需景気で一気にはずみをつけ、昭和三十一年、三郷家は東京へと居を移した。

三郷家の「歴史」を語る資料はそこで終わっていた。

ほとんど走り読みではあったけれど、読み終えて、夕鶴は重い疲労感とともに、強い緊張感に囚《とら》われた。

昭和二十年に「東京・麻布」で空襲に遭ったということと、昭和三十一年に、山形を去ったこと——この二つの記述が、トゲのように心に刺さった。

昭和二十年——夕鶴の母親・輝子の実家である軽部家もまた、同じとき、麻布で戦災に遭い、輝子以外の一家が全滅している。

そして、昭和三十一年の上京は、黒崎の事件の直後といっていい時期である。

4

浅見は東北自動車道を古川《ふるかわ》インターチェンジで出て、国道347——中羽前《なかうぜん》街道——を西へ向かい、鍋越《なべこし》峠を越えて山形県に入った。鍋越峠から先は、かつて「母袋《もたい》街道」と呼ばれた。峠を下り平野部に入ったあたりが尾花沢《おばなざわ》市である。

松尾芭蕉《まつおばしょう》の奥の細道行脚《あんぎゃ》は、このルートより一つ北側の「北羽前街道」に沿って歩いている。「蚤虱《のみしらみ》馬の尿《しと》する枕もと」の句で知られている「尿前《しとまえ》の関」を通って最上町に入り、そこから南下して尾花沢に達した。

「奥の細道」の尾花沢のくだりに「紅花」が出てくる。

尾花沢にて清風《せいふう》といふ者を尋ぬ。かれは富める者なれども志《こころざし》卑しからず。都にもをりをり通ひて、さすがに旅の情けをも知りたれば、日ごろとどめて、長途のいたはり、さまざまにもてなしはべる。

涼しさをわが宿にしてねまるなり
這《は》ひ出《い》でよ飼屋が下の蟇《ひき》の声
眉掃《まゆは》きを俤《おもかげ》にして紅粉《べに》の花
蚕飼《こが》ひする人は古代の姿かな　曾良《そら》

これが尾花沢でのことを書いた紀行文と句作である。芭蕉の第三句に「紅粉の花」と、紅花のことが出てくる。

浅見の紅花のことに関する最初の知識源は、この句であった。したがって、山形県尾花沢——紅花のイメージがきわめて強い。

　それにしても、芭蕉はたしかに俳聖だし、奥の細道はすばらしい紀行文にはちがいないけれど、奥の細道の中に、ときどき取ってつけたように出てくる曾良の句は、ほとんど駄作ばかりである。

　この「蚕飼ひする」もそうだが、これより以前、平泉《ひらいずみ》での芭蕉の傑作「夏草や兵《つはもの》どもが夢の跡」のあとの曾良の付句「卯《う》の花に兼房《かねふさ》見ゆる白毛《しらが》かな」など、いかにも理に落ちたつまらない句ばかりである。

　曾良は芭蕉の俳句の弟子を装って、じつは隠密《おんみつ》だったのではないか——などという説があって、そこから「芭蕉隠密説」が生まれたそうだが、こんな駄句を見ると、たしかにそんな気がしないでもない。

　それに較べるのもおかしいけれど、芭蕉の「眉掃きを」の句の美しさと情感の豊かさは、さすが——と思わせるものがある。枯れて悟りきったような行脚のおりおりに、こんな艶《つや》っぽいイマジネーションがふつふつと湧いてくるのだから、若い浅見などが煩悩《ぼんのう》の炎《ほむら》に身を焼くのは当然のはずなのだが……。

　ともあれ浅見はひたすら「俤」の句に惹《ひ》かれて尾花沢を目指した。

　ところが、そうして訪ねて来た尾花沢には、案外、紅花の史蹟《しせき》や文献が乏しかった。芭蕉関係の資料を展示した「芭蕉・清風歴史資料館」はあるが、紅花そのものについてはほとんど何もない。職員の若い女性に訊《き》くと、「紅花でしたら、むしろもっと南の山形市に近い辺り——河北町のほうがいいんでないでしょうか。芭蕉が実際に紅花を見たのも、山寺の立石寺《りっしゃくじ》へ行く途中だったという説もあるそうですから」と教えてくれた。

「河北町……」

浅見は聞いたことのない名前であった。ガイドブックを繙《ひもと》くと、なるほど、見どころとして「紅花の資料・文献・道具類を展示した『紅花記念館』がある」と書いてあった。

ドライブマップで調べてみると、あまり遠くない。せいぜい二十キロ程度の距離である。まだ暗いうちに東京を発《た》ってきただけに、時間はたっぷりある。浅見は躊躇《ちゅうちょ》なくソアラを走らせた。

立石寺は河北町よりさらに南、天童《てんどう》市と山形市の境界にある。

女性職員が言ったとおり、芭蕉は尾花沢から立石寺へ行っているのだから、その途中で紅花を見た可能性は大いにある。

「奥の細道」には次のように書いてある。

山形領に立石寺といふ山寺あり。慈覚《じかく》大師の開基にして、殊に清閑の地なり。一見すべきよし、人々の勧むるによりて、尾花沢よりとつて返し、その間七里ばかりなり。日いまだ暮れず。麓《ふもと》の坊に宿借り置きて、山上の堂に登る。岩に巌《いはほ》を重ねて山とし、松柏《しょうはく》年旧《ふ》り、土石《どせき》老いて苔《こけ》滑らかに、岩上の院々扉を閉ぢて物の音聞こえず。岸を巡り、岩を這ひて、仏閣を拝し、佳景寂寞《じゃくまく》として心澄みゆくのみおぼゆ。

閑《しづ》かさや岩にしみ入る蟬の声

ここの記述で驚くのは、芭蕉が「七里ばかり」の道を歩いて立石寺まで行き、休む間もなく山寺へ登ったというところだ。「七里ばかり」と書いてあるけれど、地図の上で見ても、やはり三十キロは下らない道のりである。

そこを歩くことを考えるだけでもうんざりするのに、その後、あの急峻《きゅうしゅん》な山寺に登るというのだから、マラソンの選手ならともかく、とても人間わざとは思えない。

しかし、そういうのが、当時は当たり前だったのだろう。いや、江戸時代に遡《さかのぼ》るまでもなく、昭和に入ったって、少なくとも、交通機関が発達する以前の人間は、その程度のことはやってのけたのかもしれない。

国道13号沿線の平野部は、山形県内陸部の米どころであると同時に、北は東根《ひがしね》市から南は上山《かみのやま》市付近にかけて、サクランボの産地として知られている。眠くなるような、のどかな風景がひろがる。

浅見は東根市まで行き、そこから西へハンドルを切った。ここからほんのひとっ走りで河北町だ。平坦《へいたん》な穀倉地帯の真ん中にある街であった。

グルッと街の中を回ったが、紅花記念館が見つからない。タクシーの営業所の前を通りかかったので、ちょうど車に乗り込んだところの運転手に、浅見は道を尋ねた。

「記念館だったら、これから、お客さんを迎えに行くところですよ。後ろさついて来てくらっせ」

運転手は気さくに言って、のんびり走りだした。

市街地を出はずれて、田圃《たんぼ》の中の道を行くと、行く手に白い塀のある、昔の庄屋《しょうや》さんのような建物が見えてきた。どうやらそこが紅花記念館らしい。

タクシーは駐車場に入った。浅見のソアラもその後につづいた。駐車場は観光バスが三、四台入ればいっぱいになりそうな程度の広さだが、もしかすると、ここに観光バスでやって来る客はいないのかもしれない。

タクシーの運転手はクラクションを短く二度鳴らした。待っている客への合図なのだろう。

浅見は車を出ると、「どうもありがとうございました」と運転手に手を上げて、紅花記念館へ向かった。

入場券を買っているとき、庭園の敷石道を小走りでやって来る女性がいた。何気なく視線を送って、浅見はあぜんとした。

「三郷さん……」

三郷夕鶴は、浅見の声にギョッとしたように立ち止まった。実際、脅《おび》えきった表情だったから、浅見のほうが驚いてしまった。

「あ、浅見さん……」

「どうしたのですか、こんなところで？」

浅見は理不尽な質問をしてしまった。こんなところ、ところにいるのは、自分も同じだ。

「浅見さんこそ、どうして？」

「いや、それは……」

説明しかけて、ちょっとやそっとで説明のつく話ではないことを思った。

「そうそう、もしかすると、タクシーを呼んだのはあなたじゃありませんか？」

「ええ、そうですけど……」

夕鶴は浅見の肩越しに、駐車場のタクシーを窺《うかが》った。

「一人、ですか？」

浅見は遠慮がちに、訊いた。ことによると、自分よりもはるかに幸運なやつがいるのかもしれない――。

「ええ、一人です」

「だったら、僕の車で送りますよ。ちょっとお話ししたいこともあるし」

「ええ、それはいいですけど……」

夕鶴はまたタクシーを気にした。

「ああ、タクシーのことなら任せておいてください」

浅見は走って行って、タクシーの運転手に千円札を一枚出した。

「悪いけど、キャンセルさせてください」

運転手は「はあ……」と、不満そうに夕鶴のほうを見た。浅見はポケットから、もう一枚、札を出した。運転手はニヤリと笑ったが、「いや、これだけで充分だすけ」と手を振って、車を発進させた。

「すみません、私、出します」

夕鶴は浅見に近寄って、バッグの蓋《ふた》を開けかけた。

「何を言ってるんですか、僕の幸運を買い戻さないでくださいよ」

「はあ？……」

夕鶴には、浅見の言った意味が通じなかったようだ。

「それより、三郷さん、たしか北海道へ行ったのじゃなかったのですか？」

「ええ、けさ札幌から山形空港に飛んで来ました」

「じゃあ、山形でリサイタルですか？」

「いいえ、そうじゃないんですけど、ちょっと思いついたものですから……」

夕鶴は背後の建物を振り仰いだ。

「それじゃ、わざわざ北海道から紅花記念館を見るために？」

「ええ、まあ……」

「驚いたなあ、まったく、信じられない幸運です」

「あら、幸運て、そういう意味……」

夕鶴は俯《うつむ》いて、おかしそうに忍び笑いをした。浅見に会って、はじめて見せた笑顔であった。

「あの、浅見さんも、東京からわざわざここにいらしたのですか？」

夕鶴は笑いを収め、不思議そうな目を浅見に向けて訊いた。

「いや、ここっていうわけではないのですが、紅花のことを尋ね尋ねして来たら、とどのつまり、紅花記念館に辿《たど》り着いたというわけです。最初は芭蕉の奥の細道を辿って、尾花沢へ行きましてね、そこの芭蕉記念館で訊《き》いて、紅花のことなら、ここに行けばいいと教えてもらいました」

「じゃあ、ここ、これからご覧になるのでしょう？」

夕鶴は心配そうに言った。

「いや、見なくても、あなたにダイジェストした話を聞かせてもらえば、それで充分ですよ。それにきっと、ほかにも沢山、収穫がありそうだし」

浅見の目に出くわして、夕鶴は当惑したように視線を伏せた。

「三郷さんのお宅は、山形がルーツでしたね？　そこに寄って来たのですか？」

「え？　いえ」

「じゃあ、まっすぐここに？」

「ええ」

「ふーん……」

浅見はマジマジと夕鶴を見つめてから、ソアラの助手席側のドアを開けた。

「とにかく、どこかで何か食べるか飲むかしませんか。僕は昼飯抜きで走り回っていたものだから」

「あ、私もそうなんです」

「ふーん……」

浅見は夕鶴を押し込むように乗せてドアを閉め、自分も車に入った。

収穫期をまぢかに控えた田圃は、秋の日差しを斜めに受けて、黄金色に輝いている。

そのはるか向こうに月山《がっさん》らしい平たい山が見えていた。

浅見は月山とは逆の方角にハンドルを切って、河北町の市街地に入った。

「どこか、この辺にレストランはあるでしょうね」

浅見がフロントグラスの向こうを窺うと、夕鶴は「あ、ここはだめです」と言った。

「え？　いや、ありますよ、それらしい店が、ほら、あそこに」

「いえ、そうじゃなくて、だめなんです、この町では……」

「どうしてですか？　静かでいい町じゃないですか。それに、三郷さんの先祖が住んでいた町なのでしょう？」

「でも……いえ、ですから……あらっ」

夕鶴は気がついて、浅見の横顔を見た。

「浅見さん、どうして知ってるんですか？　私の家がこの町の出身だっていうこと」

「ははは、それはあなたが教えてくれたようなものじゃないですか」

「えっ、私が？」

「そうですよ。だって、自分の家のルーツでもなければ、四、五時間も……しかも昼食抜きで、調べ物に没頭するはずがありませんからね」

「………」

夕鶴は何か反論するように口を開きかけたが、結局、何も言わなかった。

「さて、そろそろ話してくれてもいいでしょう」

「話すって、何を……」

「そりゃ、もちろん、あなたと……いや、あなたの家と紅花との関わりのことに決まっていますよ。ただし、きょう聞いたことは、すべて二人だけの秘密にすると約束します」

夕鶴はまた茫然《ぼうぜん》として、浅見の横顔に見入った。

第四章　かごめかごめかごの中の鳥は

1

泉野梅子は電話を切って、しばらくそのままの姿勢で佇《たたず》んでから、物憂げにソファーに腰を下ろした。バスローブの胸がはだけて、五十六歳という年齢を感じさせないほど、豊かでつややかなふくらみの半分は、谷間の底まで見えている。

「どこから？」

東木貴夫《たかお》はベッドの上で天井を見つめながら、気のない口調で訊いた。

「兄よ」

「あまりいい話じゃなさそうだね」

「まあね」

二十歳近くも歳下の男の、尊大な口振りに、未亡人は少し眉《まゆ》をひそめた。

「男がどうしたとか言っていたけど、何だっていうんだい？」

「身辺に気をつけろって」

「ふん、何だ、そんなことか。いまさらフォーカスされたって、おれ、どうってことはないよ」

「ばかねえ、そんなことじゃないわよ」

梅子は蔑《さげす》むように男を横目で見て、片頰を歪《ゆが》めて笑った。

「殺されないようにしろって言うのよ」

「殺されないように？　はは……おれにはそんな深情けはないよ」

「ふん……」

梅子は首筋の汗を拭《ぬぐ》ったティッシュペーパーを、邪険に丸めた。

「あなたって、どうして、すべて自分中心に物事を考えるのかしらねえ。ほんと、立派なものだわ」

東木とのことがいつまでつづくのか──と、そのとき梅子は思った。いや、いつまでつづける気なのか──と、自分に問い掛けた。もっとも、こういう倦怠《けんたい》は、これまで何度訪れたかしれない。男は勝手だと思う以上に、自分の勝手さに呆《あき》れることもある。

「ある男が私を殺すかもしれないって言ったら、あなた、どうする？」

「ふーん……」

東木はようやく首をねじ向けて、梅子を視野の中に入れた。

「別れ話のプロローグにしちゃ、あまり上等じゃないな」

「やっぱりね」

「やっぱり、何だよ」

「そう言うと思ったとおりのことを言ったから、おかしい」

梅子は笑いながら立って、シャワーを浴びにバスルームに入った。それから、ふと思いついて、裸の上半身をドアから覗《のぞ》かせて、言った。

「私が殺されたときのために、あなた、アリバイはいつもちゃんとしておいたほうがいいわよ」

東木は「しつこいな」と舌打ちしたが、それはシャワーの音にまぎれて、梅子の耳には届かなかった。

――あの男が出てきたそうだ。

兄の伴太郎が深刻な声で言ったとき、梅子にはすぐにピンときた。しかし、一応のマナーのように「あの男って誰？」と問い返した。

――黒崎という男だ。三十五年前の、山形にいたころの例の事件のやつだ。

伴太郎は律儀に説明した。

「ああ、あれ……」

――東京に来ている可能性もある。このあいだの夕方、夕鶴が妙な男から通告文のようなものをもらってきた。

「何なの、それって？」

――紙切れに『はないちもんめ』とだけ書いてあった。

「そう…… いやあねえ」

――少し、身辺に気をつけたほうがいいかもしれない。

「どういうこと、それ？」

――やつは明らかに復讐《ふくしゅう》を始めた。

「まさか……」

――甲戸天洞が死んだじゃないか。

「えっ、あれは黒崎の仕業だっていうの？」

――たぶんね。そうでないという保証はない以上、当分のあいだは自衛するしかない。

「でも、どうやって？」

――独りでは出歩かないことだな。もっとも、梅子のことだ、その点は大丈夫かもしれない。きみのそばには、いつもボディーガードがついているからね。

伴太郎は笑って電話を切った。

その笑い声の余韻が、時折、梅子の耳の奥で聞こえてくる。

（あの男が出たのか――）

梅子は、つよい嫌悪感と恐怖を覚えながら、感慨深いものもあった。三十五年の歳月をもってしても、変わらないものがあり得るというのは、近頃としては珍しい発見といってよかった。

「あの男」を三十五年の幽閉に送ったのは、六人の証言である。そのうち二人はすでに十年も前に、この世を去った。

残る四人は、三郷伴太郎、甲戸天洞、泉野梅子、それに、山形河北町の記念館にいる横堀昌也《まさや》だったが、甲戸天洞の死があの男――黒崎賀久男――によるものだとすると、伴太郎の言うように、現実に復讐が始まっているのかもしれない。

梅子には（まさか――）という気持ちと同じ程度に、（やはり――）と思う気持ちもあった。

黒崎賀久男は一審で「有罪・無期懲役」の判決があったあと、弁護士の勧めで、いったんは控訴したものの、まもなく取り下げてしまい、一審どおりの刑に服した。両親に、「これ以上、三郷さまに逆らって、肩身の狭い思いをさせねえでけろ」と説得されたという話や、取調官に「おとなしくすれば、減刑される」と騙《だま》されたという噂がある。

黒崎は網走刑務所で、前後三度にわたって脱走を実行した。そのときに、獄中の仲間に「騙された」と口走っていたという。

最終弁論の最後に、裁判官から「何か言うことはありますか？」と訊《き》かれて、黒崎は口もきけないほどの恐怖と混乱に見舞われながら、ようやく、「おれ、やってねえすよ」とだけ言った。

法廷の片隅でそれを聞いて、梅子はわれ知らず涙が出た。（可哀相——）と本心で思った。二十一歳のころの自分に、まだ純情さがあった証拠のように、梅子はそのシーンをいまでもまざまざと思い出す。

（黒崎は、ほんとうに私まで殺しに来るのだろうか——）

ほんの幼いころ、黒崎にとって、梅子は「憧《あこが》れのひと」であったことを、梅子自身が知っている。三郷家の「お嬢さま」である梅子と、一使用人の小倅《こせがれ》でしかない黒崎とでは、もとよりそぐわない間柄ではあったけれど、子供のころは、梅子の側から垣根をはずした。

終戦の前後、軽部子爵家の令嬢・輝子が三郷家に疎開していた当時、おとなしい黒崎少年が、輝子と梅子の雑用係を務めた。まだ十歳になったばかりの二人の少女は、黒崎をまじえて、よく遊んだものである。黒崎が、どこで覚えたものか、調子はずれの声で「ふるさともとめて　はないちもんめ」と歌うのを、輝子が苦しそうに笑いをこらえていたのを思い出す。

黒崎は自宅の庭先で栽培していた紅花で染めたといって、大きな和紙の色紙を何枚もくれた。「いつかきっと、お嬢さまたちの花嫁衣装を紅花で染めてあげる」というのが、黒崎の口癖だった。

梅子と輝子が東京の学校生活を終えて帰った夜のお祝いの会で、黒崎はまた「ふるさともとめて　はないちもんめ」を歌った。座興とはいえ、無骨な黒崎が童唄《わらべうた》を歌いだしたのには、みんなが呆れて、爆笑した。しかし、黒崎は歌いながら涙をこぼしているのであった。「……あの子がほしい　あの子じゃ分からん、この子がほしい　この子じゃ分からん、輝子さまがほしい……」と歌うにいたって、座が白けた。世が世ならば子爵家の令嬢である輝子に懸想《けそう》するなど、とんでもない——と思うのと同時に、黒崎の思慕の相手が、いつのまにか、梅子お嬢さまではなくなっていたことで、困惑を通り越して、誰もが腹を立てた。

梅子も黒崎の「変節」には驚かされた一人であった。しかし（輝子なら仕方がないわね——）と思う気持ちもあった。輝子が麻布の屋敷から三郷家に疎開してきた当時でさえ、すでに梅子は、輝子の美しさに一目おいていた。そのとき、梅子も輝子も十歳。周囲の子供たちは、はなを垂らしているような時代のことである。

梅子は大庄屋《しょうや》の「お嬢さま」として、美しさも気品も兼ね備えるような育て方をされていた。その梅子が、軽部子爵家の令嬢・輝子をひと目見た瞬間、(負けた――)と思った。輝子はほんとうに美しい少女だった。しかも、生まれながらに高貴さを身につけていたとしか思えないように、ごく自然な挙措動作が優雅そのものなのであった。

輝子が山形に疎開してきた翌年の春、東京の軽部家が空襲で全滅して、輝子は一転、孤児になった。その悲劇が、輝子に憂愁の気配を身に纏《まと》わせ、東京の女学園へ進んだころには、梅子などはどうあがいても、足下にもおよばないほど、おとなびた美しい娘になっていた。

もっとも、梅子には輝子に対する競争意識など、ほとんどなかったといっていい。女学園に入ったときから、輝子は上級生、下級生を問わず、憧れの君として注目された。旧華族の令嬢、天涯孤独――といった悲劇も、彼女を彩る装飾品のように噂された。

梅子自身、輝子の「身内」として、いつも身近にいられることに、喜びも誇りも感じていた。輝子は輝子で、梅子には全幅の信頼を寄せ、身も心も委《ゆだ》ねていた。いまでも、輝子はまったく生活力のようなものを感じさせない女性だが、少女時代の彼女は、それに輪をかけて、常人ばなれしていた。「箸《はし》より重い物を持ったことがない」というのは、輝子のためにある言葉のようにさえ思えた。

梅子は輝子を勝手に「紅藍《くれない》の君」と命名して、友人たちに喧伝《けんでん》した。

――紅藍の君――

なんて美しいひびきを持った名前だろう。これこそ輝子にはふさわしい――と、梅子は自画自賛した。兄の伴太郎もその命名は大いに気に入ったらしい。夏休みに輝子と一緒に帰省したとき、伴太郎は輝子に眩《まぶ》しそうな目を向けながら、「梅子にしちゃ、上出来だ」と、しかつめらしく言っていた。そのとき梅子は、輝子がいつの日にか、自分の義理の姉になることを予感したのだった。

とはいえ、「花いちもんめ」の唄にこと寄せ、黒崎までが輝子にあからさまな思慕を捧《ささ》げるのは、いくら淡白で、ものに頓着《とんちゃく》しない梅子といえども、いい気分はしなかった。「ばかねえ、クロちゃんには届きっこない、高嶺《たかね》の花でしょう」と冴《さ》えないジョークを言って笑ってみせたが、胸の内に、紅花のトゲで刺したような痛みを感じた。

黒崎のことを思い出すときには、いつもあの調子はずれの「ふるさともとめて　はないちもんめ」が蘇《よみがえ》る。腹立たしくはあるけれど、朴訥《ぼくとつ》で純情な男にはちがいなかった。その黒崎が自分を殺しに来るというのが、梅子には信じられない気がするのである。

もっとも、梅子たちが黒崎にした仕打ちを考えると、黒崎の恨みは当然のことではあった。

梅子に「証言」を指示したのは兄の伴太郎で、梅子自身は、その内容にさして疑問も抱かずに、指示どおり証言した。

ただし、梅子はいったい何が起きたのかは知らなかった。梅子が伴太郎に命じられたのは、ただ「黒崎を見たとだけ言えばいい」というものであった。

刑事の聞き込み捜査の際、梅子は、屋敷の二階にある自分の部屋の窓から、何気なく外を見ていて、川土手の方角へ向かう黒崎を見た——と話した。

見たこと自体は事実だったが、時刻や「目撃」したときの状況などは、兄の指示に従って創作したものである。

あとで黒崎の裁判が進むにつれて明らかになったのだが、黒崎は「輝子さまに呼び出されて、川土手まで行った」と供述していたらしい。むろん、輝子はそんなことはしていないのだが、「呼び出しの手紙をもらった」ことを主張したのだそうだ。黒崎にとって致命的に不利だったのは、もらったという手紙を、「手紙に指示されたとおり」すぐに燃やしてしまったことであった。

誰が考えても、輝子から黒崎に手紙が行くはずはない。あまりにも単純すぎる嘘であるにもかかわらず、黒崎は真剣に、しかも一貫してその供述を翻そうとしなかった。そのことが裁判官の心証を悪くしたのは、想像にかたくない。

問題の手紙を輝子が「書いていない」ことが事実であり、黒崎が「もらった」こともまた事実であるのなら、何者かによる贋《にせ》の手紙だと考えられる。取り調べ段階ではもちろん、裁判でも、弁護士が何度も「手紙は贋物であったのでは？」と水を向けたにもかかわらず、黒崎は「いいえ、まちがいなく輝子さまの筆跡でありました」と主張しつづけたのだ。

まるで、輝子お嬢さまに手紙をもらったことが、彼の人生における最大の勲章ででもあるかのようであった。それを「贋物」などと決めつけられるのは、死ぬより辛《つら》いことだったのかもしれない。

伴太郎と甲戸は、そういう黒崎の輝子に対するひたむきな心情を弁《わきま》えた上で、輝子を利用したにちがいない。それを思うと、梅子は黒崎が哀れでもあり、兄たちはもちろん、偽証計画に参加した自分のことも疎ましくてならない反面、どこかに、自分を輝子に乗り換えた、黒崎の小憎らしさへの、しっぺ返しの気持ちがあることも、否定できなかった。

そして、結局、梅子はみすみす黒崎が冤罪《えんざい》に陥るのを見過ごすことになった。それ以外に三郷家のスキャンダルを救う道がなかったのもまた事実ではあった。

東木は明け方近くまでいて帰って行った。暗くなってから来て、暗いうちに帰る——

—というのが、梅子の決めた不文律である。未亡人がお手伝いさんと二人で住む屋敷に、はるかに若い男が出入りするのを目撃されるのは、あまり気分のいいものではない。

寝室の窓から、BMWに乗って去って行く東木を見送って、梅子は東木とのことを清算すべきときが近いのを感じていた。そのときはあのBMWをくれてやるつもりだ。

2

山形から帰った次の日、三郷夕鶴は、伊勢佐木町の叡天洞に、甲戸麻矢を訪ねた。麻矢は父親の死後、永岡と東木に手解《てほど》きを受けて、叡天洞を継ぐつもりになったらしい。

「時間はかかると思うけど、子供のころからの見よう見まねで、なんとかやっていけそうな気がするの」

「えらいわ」

夕鶴は心底、感心した。幼いころの母親の死も、今度の父親の死も、ふつうの人間ならどうにかなってしまいそうな、ただごとでない不幸である。それを乗り越えたどころか、かえって自分の将来を決める糧《かて》にしてしまうあたりに、麻矢の逞《たくま》しさがある。

「何言ってんのよ。夕鶴こそ世界的なピアニストになって、すごいじゃない。そのうちきっと、私のことなんか目もくれなくなっちゃうんだろうなあ」

「ばかみたいなこと言わないでよ。私たちは幼馴染《おさななじ》みだし、お婆さんになるまで、ずっとこのままでいたいのに」

「ははは、お婆さんか……夕鶴はきっと可愛いお婆さんになるんでしょうね。それに較べて、私のほうは強欲な、いやなばばあになっちゃったりして」

「ほんと、それは言えてるかもしれない」

夕鶴がほとんど真顔で言ったので、二人は少し間を置いてから、大笑いをした。

それから麻矢は、父親の事件のことを話した。警察の捜査に対するもどかしさを語るときの、彼女のきびしいくらいに冷静な口調を聞いているかぎりでは、麻矢はすでに父親の死がもたらした恐怖や悲しみから脱却できたように思える。

「あの浅見さんていう、ルポライターの人のほうが、警察なんかよりよっぽど頼りになりそうなくらいだわ」

麻矢はそう言って、少し上気したような目になった。

夕鶴はドキリとした。もしかすると、麻矢とは浅見をあいだに挟んで、気まずいことになるのではないかしら――という、予感めいたものを抱いた。

「一昨日、浅見さんがここに来て、あなたのお父さんと一緒に、三人でパパの部屋を見たのよ」

麻矢はそのとき、浅見がカレンダーのメモに「ふるさともとめて」と書いてあるのを発見した話をした。

「ふるさともとめて？……」

夕鶴は驚いた。

「へんな文章でしょう」

麻矢は夕鶴の驚きの意味を知らず、得意そうに言った。

「これ、何だか分かる？」

「分かるわ、童唄《わらべうた》でしょう」

「あら、夕鶴は知ってるの、この唄？」

「知ってる……といっても、つい最近、詳しく知ったばかりだけど」

夕鶴はちょっと間を置いて、「昨日、山形で浅見さんと会ったの」と言った。

「えっ、ほんと？　ずるい！」

麻矢は率直に反応した。そういう麻矢の陽性なところが、夕鶴には救いだった。

「ばかねえ、ずるくなんかないわよ。ほんとの偶然なんだから」

それから、浅見と出会った「偶然」について話した。もっとも、その偶然のことを、浅見が「幸運」と表現したことは黙っていた。いや、もっと沢山のこと――紅花記念館の横堀から聞いた、さまざまな驚くべき事実についても、何もかも喋《しゃべ》ってしまうわけにはいかない、浅見と夕鶴の「二人だけの秘密」であった。

「そうだったの、夕鶴のお家のルーツは、紅花大尽だったのかァ……」

麻矢はまずそのことに驚き、それから「ふるさともとめて　はないちもんめ……」の童唄が、じつは紅花を歌い込んだものであることを知って驚いた。

「そうなのかァ、浅見さんはそれで山形へ行ったのかァ……」

それなら自分も一緒に行けばよかった――という思い入れを込めて、麻矢は残念そうに言ってから、

「ほらね、そうなのよ、そういうふうに、あの人、警察なんかよりずっと頭の回転が早いし、実行力もあるのよ。それなのに、ねえ、あの人、まだ独身なんだって。どう思う、それって？」

「どう思うって、どういうこと？」

「そうか、夕鶴はピアノが恋人だから何とも思わないんだ。私なんか、浅見さんみたいの、いいなあって思っちゃうけど……」

夕鶴だって「いいなあ」とは思う。しかし麻矢に機先を制された恰好《かっこう》で、言い出しかねてしまった。それに、ピアノは恋人なんかじゃないけれど、孤独という点では、夕鶴よりは麻矢のほうが、はるかに上を行っていることは間違いない。

麻矢は見掛けによらず、貞操観念の強い女性だ。母親がいないぶん、父親の身の回りに気を配る時間が多かったせいか、特定の恋人はもちろん、ボーイフレンドの数も少なかったらしい。

「いいんじゃない麻矢。少し歳は開いてるけど、あの人、子供みたいなところがあるし、あなたにピッタリかもよ」

「ほんと？　そう思う？　ピッタリかァ……なんて、こっちで勝手なこと言っちゃって、あの人、いまごろくしゃみしてるわね、きっと」

ひとしきり、笑った。

「だけどあの人、『ふるさともとめて』のことを調べに、それこそ三郷家のふるさともとめて山形へ行って、何か収穫があったのかしら？　ねえ、どうだった？」

夕鶴の表情を窺《うかが》うように見て、麻矢は言った。

「分からないわ。浅見さんて、ちょっと何を考えているのか分からないところがあるじゃない。こっちが何も説明していないのに、ちゃんと分かっちゃっていたりするとか……だから、私も知らないようなこと、何か摑《つか》んできたのかもしれないけど」

それは夕鶴の実感であった。

麻矢には話せないことも、浅見にはすべて話してしまった。話さなくても、浅見にかかると何でも見通されそうな、一種の強迫観念のような衝動にかられて、唇のほうが勝手に動いた。

「そう、そうなの、だったら浅見さん、パパの事件のこと、何か分かったのかな……ねえ、もう東京に帰ってきたのでしょう？　帰ったらうちに来るとか、そういうこと、言ってなかった？」

「ううん、べつに……でも来るのじゃないかしら。来るわよ、きっと」

なんだか励ますような言い方をしていた。

夕刻近かった。夕鶴は、久し振りにどこかで食事でも——と思ったが、麻矢は「家に来て」と誘った。マンション住まいだから、不用心ということはないのだが、広い家に独りでいるのは寂しいという。

「いまでもパパがいるような気がして、ときどき部屋の外から声をかけたくなるの」

その甲戸天洞の書斎のドアを開けて、主のいない部屋を覗《のぞ》いた。警察が来て、いろいろ調べたが、事件の手掛かりになるようなものは発見されなかったそうだ。

「いくら調べても、誰に訊《き》いても、パパが殺された理由が分からないなんて、こんなばかなことってある？」

麻矢は悲しいよりも、むしろ腹立たしいほうが勝って、そのことでも、警察に不信感を抱いている。

夕鶴はそれに対して、相槌《あいづち》の打ちようがなかった。夕鶴はすでに山形で、「理由」

らしきものを摑んだ感触を得てきた。しかし、それは言ってはならないことであった。横堀老人に聞いたり、自分で調べたりしたことを、浅見に話すときも、絶対に秘密を守ることを約束させた上で打ち明けた。浅見がその約束を守るかどうか、夕鶴に確信はなかったけれど、あの男の魔力のようなものに負けて、とうとう話す羽目になった。

「浅見さんなら分かるかもしれないわね」

自分が話す代わりに、そう言った。消極的ながら、浅見に事件解決を託すことを進言したつもりであった。

「そうね、あの人に頼んだほうがいいかもね。でも、そういうのって、依頼するとくらぐらい費用がかかるものかしら？」

「さあ……」

まったく迂闊《うかつ》だったけれど、夕鶴はそんなことは考えてもみなかった。やっぱり、そういうところは、麻矢はおとなだな——と思う。たしかに、いくらマイカーにしても、ああやって山形まで行って、時間と労力をかけているのだもの、計算するとずいぶん大きな費用になりそうだ。そういう費用は、いったいどうしているのだろう？

麻矢は嬉々《きき》として夕餉《ゆうげ》の支度に勤《いそ》しんだ。

「あなたはお客さんだから、黙ってそこに座って、テレビでも観ていればいいの」

そう言って、夕鶴をかつて父親のものだった椅子に座らせた。甲戸天洞はそこに座って、麻矢が料理をする姿とテレビを交互に眺めるのが好きだったのだそうだ。

「そうねえ、こうしていると、なんだか偉くなったような気がしてくるわ」

「でしょう。夕鶴は男っぽいから、きっとそう思うだろうと思った。私なんか、落ち着かないわね。こっちで働いているほうが性に合っているって感じ」

「あら、私、男っぽくなんかないわよ」

「外見じゃなくて、中身の問題よ。やっぱりピアニストなんていう人種は、本質的に男っぽくなくちゃ、やっていけないのよ」

「そうかなあ」

「そうよ、そうなのよ、ぜったい」

「あははは、そういう麻矢のほうが、よっぽど男っぽいじゃない」

「違う違う、私なんか見てくれだけ。その実体は、情けないくらいナヨナヨしているんだから、いやんなっちゃう」

「ふーん、そういうものかしらねえ……だったら、この椅子、浅見さんに座ってもらったらいいわ」

「ゲッ……」

　麻矢はおどけて、背中で驚いたふりをしてみせた。こっちを振り向かないところをみると、顔が赤くなっているにちがいない。

「だめだわね、あの人、絶対にそこには座らない」

「あら、どうして？　アタックしてみなきゃ、分からないじゃない」

「だめだめ、分かるのよ、勘でね。あの人、そういう人じゃないわ」

「そういう人じゃないって、じゃあどういう人なの？」

「よく分からないけど、結局、あの人って、誰の椅子にも座らないっていう気がするの。いつまでも変わらないのよ。歳だって、永遠にいまのままでいるんじゃないかなって」

「あははは、まさか……」

「笑うけど、男の人って、みんなそういうところってあるわよ。うちの父だって、あんなに如才なく見えて、いつまで経っても子供みたいなところがあったもの」

「ああ、それはね、あるかもしれない」

夕鶴は妙に厳粛な気分になった。

甲戸天洞がこの椅子にどっかと座って、こんなふうに、愛娘《まなむすめ》の背中とテレビを眺めていたのだって、男の子らしい稚気の顕《あらわ》れなのかもしれなかった。

テレビはニュースを始めた。中東問題が依然として暗礁に乗り上げた状態で、世界中が四苦八苦している話が長々とあって、それから国内の政界のニュースがあって、事件のニュースになった。

――きょうの昼ごろ、箱根《はこね》の芦《あし》ノ湖《こ》スカイライン西側の崖《がけ》に、男の人の死体があるのを、ドライブに来ていた人が見つけ、警察に届け出ました。警察で調べたところ、死んでいたのは五十歳から六十歳ぐらいの男性で、死後二十四時間前後を経過しているものとみられ、後頭部に何かで殴られたような痕《あと》があるところから、他殺の可能性もあるものとみて捜査を開始しました。なお、この男の人は身長が百六十センチ、痩《や》せぎみで、鼻の脇に大きなホクロがあります。所持品などはなく、身元はまだ分かっておりません。警察では、この男の人に心当たりのある方からの連絡を希望しています。

ニュースは次の話題に移っていったが、夕鶴は、アナウンサーが言っていた男の顔のイメージが、網膜に焼きついてしまったように、何も見えていなかった。

「どうしたのよ、夕鶴?」

何度目かの声で、われに返った。

「あの人、だわ……」

ノロノロとした仕種《しぐさ》で麻矢を見て、幼女のように言った。

「あの人って、あの人がどうしたのよ?」

麻矢は心配そうに夕鶴の顔を覗き込んだ。

「あの人、『はないちもんめ』の人なのよ」

「なに、それ？　はないちもんめがどうしたっていうの？」

麻矢は夕鶴の肩に当てた手を、前後に揺するようにして、言った。

3

テレビニュースの芦ノ湖スカイラインの被害者は、間違いなくあの『はないちもんめ』の男だ——と夕鶴は信じた。あの男がヌーッと顔を突き出すように近づいてきたときの、あの大きなホクロを思い出して、夕鶴は震え上がった。

「ねえ、どうしたの、どうしたのよ？」

麻矢は心配そうに繰り返し、訊《き》いた。

「いまのニュースで言っていたでしょう、殺された男の人の特徴。あれ、このあいだ『はないちもんめ』の紙を渡した人にぴったりなのよ」

「えーっ、その人なの？　じゃあ、その人が殺されたの？」

麻矢は振り返って、次のニュース——土地の値上がりがつづくという話を始めたばかりの、テレビのブラウン管を見つめた。

「間違いなく、その人だった？」

「うん、間違いないわ」

「そう、何なのかしら？……」

落ち着いて、思索的な横顔を見せる麻矢が、夕鶴はひどく頼もしく思えた。もっとも、父親を殺される以上に恐ろしいことなど、この世にはないのかもしれない。

そう思うと夕鶴も腰が据わったような、平静さを取り戻せた。

「ねえ麻矢、あなたのお父さんのカレンダーに『ふるさともとめて』って書いてあったのと、あの男の人の『はないちもんめ』の紙片と、どこかで繋《つな》がっていると思わない？」

「繋がっているわね、きっと」

麻矢は確信を込めて頷《うなず》いた。

「その男の人もうちのパパも、同じ犯人に殺されたのか、それとも、パパを殺したのはその男で、男はまたべつの人間に殺されたのか、どっちにしても関係してるわよ」

「でも、あの人、殺人犯ていう感じしなかったわね。いかにも小心者っていう感じ。もしかすると、あの紙片を持ってきたのも、誰かに頼まれたのじゃないかと思うし」

「だとすると、パパのカレンダーの『ふるさともとめて』も、その人の伝言だったのかしら？」

「でも、それをカレンダーに書いたのは、おじさま自身なのでしょう？」

「たぶん……えっ？　違うの？　まさか……」

麻矢は急に不安そうな顔になった。

「そんなこと、疑ってもみなかったけど、パパが書いたのじゃないってこと、あるかしら？」

「もしかして、あのときの紙片の字と同じだったりして……」

「じゃあ、その男の人が書いたっていうわけ？」

二人は叡天洞の社長室に「その男」がいる情景を想像して、しばらく黙った。

「もしかすると……」と、麻矢は言いにくそうに言った。

「夕鶴のパパは、その男の人の素性を知っているんじゃないかしら？」

「ええ、私もそんな気がする。ううん、その男の人のことは知らないとしても、おじさまが殺された事件のことで、何か思い当たることはあるのじゃないかって、そう思うの」

「でも、変ねえ、それだったら警察に言うはずでしょう？　このあいだだって、何もおっしゃらなかったもの、ご存じないのかもしれないわね」

「うーん、それもそうねえ……」

警察に言えない理由があるかも――と、もう少しで口から出そうになる言葉を、夕鶴は急いで喉《のど》の奥に戻した。

「どうする夕鶴、警察に教えてやる？」

麻矢は声をひそめるようにして、言った。

「警察……」

「だめよね、警察には言わないほうがいいわよね」

麻矢は夕鶴の逡巡《しゅんじゅん》を察知して、自ら答えを出した。

「ええ」と、夕鶴も頷いた。

「だったら、あの人はどうかしら、浅見さんは」

麻矢は言った。

「浅見さんがこのこと――その男の人が死んだって知ったら、何て言うかしら？……ねえ、そうだわ、浅見さんに教えてみない？　あの人なら何か思いつくわよ、きっと」

「そうね……」

夕鶴は頷いたが、強く賛意を示す気にはなれなかった。たしかに麻矢の言うとおり、浅見なら自分たちの気付かない――たぶん警察も思いつかない――ような何かを考えつくにちがいない。

（でも、それが怖い――）と思った。

麻矢はコードレスホンを持ってきて、夕鶴に突きつけた。

「電話、してみて」

「麻矢は知らないの、電話番号？」

「知ってるけど、夕鶴がかけてよ」

夕鶴は受話器を手にして、浅見の番号をプッシュした。

「ふーん、ちゃんと暗記してるのかァ……」

麻矢は羨《うらや》ましそうに言った。

「あら私は……」

夕鶴が言い訳をしようとしたとき、例によって、若いお手伝いの声が聞こえた。

――はい坊ちゃまですね、しばらくお待ちください。

ほんとうに愛嬌《あいきょう》のない、突《つ》っ慳貪《けんどん》な口調だ。夕鶴は麻矢を見返って、顔をしかめた。

――やあ、こんにちは。どうですか、疲れたでしょう。

浅見は陽気な声で言った。

「あの、さっき、テレビで七時のニュースを見ていたのですけど……」

――ああ、NHKのやつですか？　僕も見ていました……えっ、じゃあ、あの男がそうだったのですか？　箱根の芦ノ湖スカイラインのあれ……。

「…………」

夕鶴は絶句してしまった。なんて頭の回転が早いひとなのだろう——。

電話が切れたと思ったらしく、浅見は「もしもし……」と、心配そうな声を出した。

そういう繊細さはいかにも「坊ちゃま」という感じなのだが……。

「あ、すみません、そうなんです、そのことでお電話したのです。でも、浅見さんて、どうしてそんなふうに、先へ先へと分かってしまうのですか？」

——えっ？　先へ先へって、だってテレビで見たやつですよ？

「ええ、でも……」

夕鶴は、いまさら説明を加えるのが、いかにも間が抜けているような気分になったが、それもまた浅見は察したらしい。

——あ、そうですか、おかしいですか？　しかし、あのニュースでは、最初に中東問題をやって、それから保守党のゴタゴタの話があって、その次に箱根のニュースだったでしょう。まさか、あなたが中東問題や政治の話で、わざわざ僕に電話してくれるとは思えませんからね。

「分かりました」

夕鶴は自分の馬鹿さかげんが、つくづくいやになった。

——なるほど、あの男が『はないちもんめ』の男ですか……。

浅見はこっちの話をろくすっぽ聞きもしないで、勝手に思案を始めてしまった。

「あの人、いったい何者なのでしょうか？」

夕鶴はおそるおそる、訊いた。

——さあ、誰なのでしょうかねえ？　しかし、それは警察が調べてますよ。たぶん明日までには分かるでしょう。

浅見はこともなげに言った。

「えーっ、ほんとですか？　ほんとに分かってしまうのですか？」

——ほんとですよ。彼には前科がありますからね、指紋のファイルを調べれば、簡単に身元が割れると思って間違いありません。そういう作業に関しては、警察の能力は確かなものがありますからね。

「彼って……あの、浅見さんはあの人に会ったのですか？」

——僕が？　いいえ、あなたから話を聞いただけですけど。

「でも、前科があるとか、どうして知っているんですか？」

——それは勘みたいなものですが、しかし、間違いなく彼には前科がありますよ。そう思う理由は——そうですね、なぜ『はないちもんめ』の紙片を持ってきたかを考えればいいのです。何もないところからは、そんな紙片を持って来る発想は浮かびません。誰かが彼に依頼したに決まってます。だとしたら、あなたが言っていた黒崎という人物以外、考えられない。三十五年間も刑務所にいた黒崎氏が、それほど交際範囲が広いはずはないから、百パーセント獄中での知り合いだと思っていいでしょう。

「ふーっ……」と、夕鶴は溜《た》め息が出た。

「じゃあ、あの男の人を殺したのは、誰なのですか？」

――まあ、たぶん黒崎氏の犯行とそう思っていいでしょう。仲間同士で何かトラブルがあったのかも……ただ、そんなふうに、あっさり殺してしまうというやり口は、僕がイメージしていた黒崎氏の性格とは、かなり違うので、意外な気がしてはいますけどね。

「それで、どうしたらいいでしょうか？」

――どうしたら、とは？

「いま、甲戸さんのお宅にいるんです。麻矢さんと一緒ですけど、このこと、警察に届けないといけないのかしらって、二人で悩んでいるところなのです」

――なるほど、それはいささか難しい問題ですね……。

浅見は少し考えて、「お父さんはもう、ご存じなのですか？」と訊《き》いた。

「いえ、父にはまだ言ってません。なんだか怖くて……ですから、それもどうしたらいいのか、教えてほしいのです」

――お父さんには教えて差し上げたほうがいいでしょう。でないと、危険です。

「危険なのですか？」

――ええ、テキはすでに殺人を犯していますからね、一応は用心してかかる必要があるでしょう。それに、警察に通報するかどうかも、僕なんかよりお父さんの意志に任せるべきです。

「はあ……」

――それから、甲戸さんのお父さんですが、あなたのお父さんといつごろからの友人なのか、そのことを確かめてみてくれませんか。ひょっとすると、山形時代からのお知り合いだったかもしれない。例の、裁判のときはどこにいたのか、そのことも分かるといいのですが。

「あ……」

夕鶴は小さく叫んでしまった。反射的に麻矢の顔に視線を送ると、麻矢も怪訝《けげん》そうな目でこっちを見ていた。

「そうなんですか？　あの人は……」

夕鶴はそのあとを言いよどんだ。

――そう、麻矢さんのお父さんを殺したのは黒崎氏かもしれませんからね。

横堀老人が黒崎のことを異常なほど恐れていたのは、甲戸天洞が殺されたことを知ったからなのだ。浅見はとっくに、そのことを見抜いている。それはいいとしても、夕鶴は浅見がずっと「黒崎氏」と氏をつけて呼んでいることに気付いた。明らかに浅見は、黒崎に対して同情的なのだ。事件への対し方に、自分と浅見とでは埋めがたい距離があることを感じないわけにいかなかった。

電話を切って麻矢に向き直ると、夕鶴は首を振った。

「警察には言わないほうがいいでしょうって。ただ、父には教えるべきだって。そうしないと危険だって」

「危険……そうなの、じゃあ、犯人はうちのパパとおじさまと、二人を狙っているのね。でも、どうしてなの？　ねえ、どうしてそんなことするの？　パパとおじさまとどういう関係があるっていうの？　ねえ、いったい何をしたっていうの？」

麻矢は急《せ》き込んで言った。

夕鶴は麻矢の矢継ぎ早の質問のどれにも、「分からない」という代わりに、はげしく首を横に振って、言った。

「浅見さんはそれから、麻矢のお父さん、どこのご出身なのか訊いていたわ」

「ん？　ああ、そう、そのこと、この前も浅見さんが訊いていたわよ。東北だと何か意味があるらしいけど、でも調べたら、パパの本籍地は横浜だったわ」

「あら、本籍地って、移せるのじゃない？　うちも昔は山形だったのを、祖父の代に移して、いまは東京ですもの」

「ふーん、そうなの」

「父に訊いてみるわね」

夕鶴はふたたび受話器を握った。

伴太郎は自宅にいた。夕鶴は「事件」のことは後回しにして、さり気なく訊いた。

「いま麻矢のところにいるのだけど、パパと麻矢のパパとはいつごろからの知り合いなのかっていう話になったの。いつごろ、どこで知り合ったの？」

――なんだ、つまらんことを話しているんだな。

伴太郎は笑った。

――子供のころからの知り合いだよ。

「じゃあ、まだ山形にいるころ？」

――ん？……。

伴太郎は一瞬、受話器のむこうで逡巡《しゅんじゅん》するような気配を感じさせた。

――ああ、まあそうだね。

「なんだ、そうだったの。麻矢のパパも山形の出身だったのね」

――いや、そうではないが、一時期、山形にいたことがあって、それ以来の付き合いなのだよ。

「ふーん、そうなの……」

――それがどうかしたのかい？

「ううん、べつに、そうじゃないけど……あ、それよりパパ、大変なの、このあいだ、変な紙切れをくれた男の人がいたでしょう、あの人、殺されたらしいのよ」

――なにっ？……。

夕鶴はそのとき、父親の呼吸が停まったのではないかと思った。

4

梅子は兄のただならぬ様子に気付いて、電話が終わると同時に訊いた。

「どうしたの？　何か悪い知らせ？」

「ああ、あまり楽しくはないね」

「ふーん、夕鶴ちゃんに彼でも出来たっていうこと？」

「まさか、そこまで悲劇的ではない」

「よかった……」

「おいおい、真面目に取るなよ」

「だってそうじゃない。兄さんがそんなジョークを言えるくらいなら、そう心配することないと思って」

「ははは、それもそうだね」

「それで、何だったの?」

伴太郎はすぐには答えずに、煙草に火をつけた。

「このあいだ、おかしな紙切れをもらった話、しただろう」

「ええ、『はないちもんめ』って書いてあるとかいうのでしょう?」

「それをくれた男が、どうやら、殺されたらしい。七時のニュースに出ていたのを、夕鶴が見たそうだ」

「えーっ……」

梅子は眉《まゆ》をひそめた。ふだんは実際の年齢よりずっと若く見える妹が、そういう顔をすると、歳相応に老け込んでしまうようで、伴太郎は少し気の毒に思った。

「まさか、じゃあ、その東京に……えっ、あの『はないちもんめ』がその事件と関係あるの?」

梅子はようやく気がついて、いっそう憂鬱《ゆううつ》そうな顔になって訊いた。

「その可能性がある。それで今夜、来てもらった。梅子はたぶん大丈夫だと思うが、用心したほうがいいと思ってね」

「用心て、黒崎のこと? だけど、どうすればいいの。私のところなんか芳枝《よしえ》ちゃんと女二人きりよ。近所付き合いだってないし、向こうが本気でそのつもりになったら、用心のしようがないわ」

伴太郎は煙草の火を煙そうに消して、さり気なく言った。

「どうなんだ、新しい彼は」

「いやな兄さん、変なこと言わないでちょうだい」

「しかし、用心棒代わりにはなる。いっそ一緒になったらいいじゃないか」

「やめてよ、もう。だけど、どうして知ってたの？」

「いつだったか、きみの家へ行こうとして、前まで行ったらＢＭＷが出てきてね。何気なくナンバーを見たら、きみの車だった。しかし、きみは乗っていなかった」

「ふふん、それだけじゃ分かるはずがないでしょう？」

「ああ、一瞬だったので、そのときは気がつかなかったが、このあいだ甲戸の店に行って思い出した。あれは東木という男だね。だいぶ若いが、しかし、人間はそう悪くなさそうじゃないか」

「それはね、透子ちゃんのとこで、知り合ったくらいだから。あのひと、力岡家の美術品を売る際に、いろいろ面倒を見てくれて、それ以来、勝さんと親しくお付き合いするようになったのですって」

「なるほど、力岡男爵の関係か。男爵よりは、よほどしっかりしている」

「悪いわよ透子ちゃんに」

「いや、事実だからしようがない。あの亭主も、いまだに男爵の末裔《まつえい》を鼻にかけているようじゃ、それこそ鼻もちならない」

「その責任の一端は、兄さんにあるかもしれなくてよ。あんまり面倒見がよすぎたのじゃなくて？」

「おいおい、面倒を見て文句を言われちゃ、かなわないな」

「そんなことより、黒崎のこと、どうなるの？」

「分からないね、やつがどうするつもりかによる」

「お義姉《ねえ》さん、知ってらっしゃるの？」

「いや、知らないよ。輝子には言わないほうがいいだろう」

「そうね、お義姉さんは何も関係のないことですものね」

「ああ、たぶんね」

「だけど、ほんとに黒崎かしら？……大昔のことじゃないの」

「大昔だが、やつにとっては停まった時間だろう」

「じゃあ、いまだに恨んでいる？……」

「もちろんさ。だから、殺した」

「殺したって、甲戸さんは、本当に黒崎が殺したの？」

「ああ、まず間違いない。少なくとも、天洞の店を黒崎が訪れたことは確かなのだ。殺された前の日、誕生会のときに天洞は僕にそのことを言っていた。『黒崎が来た』

とね。夜中に電話をかけてきて、次の日の早朝、店を訪ねて来たそうだ。相変わらずの訥弁《とつべん》で三十五年間の恨みつらみをボソボソ喋《しゃべ》っていたそうだ」

「いやだァ……」

梅子は寒そうに身を縮めた。

「そんなことが起きているのだったら、早く警察に知らせたらいいじゃないの」

電話を指差して言った。

「警察に……か」

伴太郎は電話機が警察そのものでもあるかのように、視線を逸《そ》らした。

「警察に何て言って知らせる？　三十五年前の証言を、もういちど繰り返す気には、僕は到底、なれそうにないな」

「そんなこと言ったって、現実に相手は殺人鬼みたいなことになっているんでしょう。躊躇《ためら》っているようなゆとりはないのじゃなくて？　こうしているあいだにだって、いつ飛び込んでくるか、知れたものじゃないわ」

「ははは、まさか……」

伴太郎は苦笑した。

「やつはそういう乱暴はしないよ」

「殺人が乱暴じゃないっていうの？」

「いや、そうではなく、ドアをこじ開けて侵入するような、強引なことはしないというのだ。やつはもともと、文学青年を気取るような、軟弱な男だったからね。甲戸の場合だって、あらかじめ話をつけて、早朝に店で落ち合っていたらしい。僕のところに『はないちもんめ』と書いた紙片を寄越したのと同じように、『ふるさともとめて』などと、思わせぶりな犯行予告もしているみたいだしね。それにもかかわらず、甲戸がなぜやつの誘いに乗ったのかは知らないが、相手を甘く見すぎたとしか考えられない。用心さえしていれば防げたはずだ」

「そうかしら？　私はいやだわねえ、とにかく、一刻も早く警察に知らせて、身辺を護《まも》ってもらいたいわ」

「梅子がどうしてもそうしたいというのを止める権利はないが、しかし、警察に根掘り葉掘り訊《き》かれることは覚悟しなければならないことだけは確かだよ」

「構わないじゃないの。黒崎の逆恨みだって言ってやるわ。そうよ、それに、警察は証言者の安全を守る義務があるのよ。だいたい、そんな凶暴な人間を、どうして刑務所から出したりするのかしらねえ。黒崎はたしか、無期懲役だったはずでしょう」

梅子はいきり立って喋った。

伴太郎は黙って、そういう梅子をじっと見つめていた。その顔はひどく悲しげでさえあった。

「なによ、どうしたの？　私の言ってることは間違っていて？　甲戸さんだって、黒崎から連絡があったのなら、その時点で警察に届けていれば、みすみす殺されることはなかったのじゃなくって？　そうよ、お兄さんだって……」

言いながら、兄の表情に浮かぶ複雑な想いに気付いて、ふっと言葉をとぎらせた。

「……まさか……え？　そうだったの？　やっぱり、あれは嘘だったの？　黒崎は何もしていなかったの？……」

伴太郎は苦しそうに頷《うなず》いた。

「じゃあ、あの女の人を殺したのは……まさか、お兄さんが……」

「いや、それは違う」

「じゃあ、甲戸さん？」

伴太郎は黙って頷いた。

「でも、どうして？……」

「もののはずみというべきだろうね。甲戸は襲うというほどのつもりはなかったそうだ。まして殺すなどとは……しかし、相手は逃げる拍子に転んで、そのまま動かなくなった。僕の部屋の窓の外に立っていたときの彼は、まるで幽霊みたいに真っ青だった。どうしたらいい——と言った。僕は躊躇なく、窓から彼を引き入れ、黙っていろと言った。牧師の息子が殺人を犯したのでは具合が悪い。それに、甲戸は僕の親友だし、死んだのは、行儀見習に預かっていた娘だから、三郷家としてもきわめて困ることになるからね。ところが、彼は絶望だと言う。誰かに見られたかもしれないというのだ。潜んでいたすぐ近くを誰かが通ったらしい。暗くてよく分からないが、黒崎だったかもしれないという。その夜、黒崎はサクランボ畑の見張り小屋に詰めていた。それで、僕は黒崎を犯人に仕立てることを思いついたというわけだ。黒崎は不運だったのだ——と考えることにした。いや、実際、彼は不運だったとしかいいようがない。警察は小作人の小倅《こせがれ》の言うことと、大庄屋《しょうや》の息子と牧師の息子の証言のどちらを信用するか、最初から結論は分かっていたようなものだ。しかも、それに加えて、梅子と横堀という『目撃者』もいたし、ほかにも状況証拠を示す人間がいてくれたからね」

「ひどい……」

梅子は眉《まゆ》をひそめ、兄を冷やかな目で睨《にら》んだ。

「ああ、まったくひどい話だ。しかし、そのときは甲戸はもちろん、僕も必死だった。黒崎を呼び出す輝子の手紙は甲戸が書いた。甲戸はそのころから古文書などに興味を抱いていたから、女文字をそれらしく書いた。それをすぐに、黒崎のいる見張り小屋に放り込んだ。黒崎は手紙を焼き捨てると、すぐに飛び出して、現場の方向へ走って行った。それを僕たちは『目撃』し証言したというわけだ。もっとも、そんなにうまくいくはずはない——という気持ちも一方にはあった。ところが警察は呆《あき》れるほど単純に、僕たちの証言を信用し、検察も裁判所も疑おうとしなかった。要するに、連中としては、おぞましい事件に終止符を打つスケープゴートさえいてくれれば、それでよかったにちがいない。そうとしか思えなかったね」

「ひどい……」

梅子は溜《た》め息をついた。

「それじゃ、甲戸さんは殺されても仕方がなかったのかもしれないわね。でも、お兄さんはトバッチリを受けたようなものだわ」

「友情か……そう言ってくれるのは嬉《うれ》しいけれど、むしろ、友情の発露というべきよ」

疑問なのだよ。その事件の少し前、黒崎が輝子にラブレターを送るという出来事があってね、彼女が笑いながら見せてくれたのだが、『紅藍《くれない》の君に捧《ささ》ぐ』などと、少女趣味なことが書いてあった。やつが惚《ほ》れているのは梅子だとばかり思っていたから、『紅藍の君』が輝子だとは意外だった。本来ならそんなものは笑い話の種にしかならなかったのだが、しかし、僕の心のどこかでこだわっていたのだね。はっきりいえば嫉妬《しっと》だったのかもしれない。どこかにやつを許せないという気持ちがあったのだろう。だから、黒崎を破滅させることに、ほとんど罪悪感を抱かなかった」

「もういいわ、聞きたくない……」

梅子はかぶりを振って、もういちど、大きく吐息をついた。

「私にもそれと似た気持ちがあったのですもの。黒崎に虚仮《こけ》にされたっていう。だからこそあのとき、兄さんの言いなりになって、見てもいないことを『見た』って証言したのかもしれない」

「そうか、そうだったのか……」

「いずれにしても、甲戸さんが黒崎のことを警察に通報しなかった理由はそれだったっていうことなのね。分かった。私も黙ってます。それに、まさか私のところまでは復讐《ふくしゅう》には来ないでしょうし」

「ああ、たぶん大丈夫だろう。梅子の証言なんかは、きわめてささやかなものだったからね。『はないちもんめ』の予告が届けられたことだし、順序からいっても、この次は僕の番ということになる」

伴太郎は、自滅を娯《たの》しむような自虐的な笑い方をした。

「お兄さんはそれでいいかもしれないけれど……」と、梅子は居間の方角を窺《うかが》う目になって、言った。

「彼女には気をつけて上げて。『紅藍の君』には、ね」

「ああ、そうだね。それと、夕鶴のことだけがいささか不安ではある」

「まさか、夕鶴ちゃんに手を出すような真似はしないでしょう」

「とは思うが……しかし、やつが夕鶴のことをちゃんと知っているというのが気になる。わざわざ夕鶴に紙片を渡したというのは、何か意図があるのかもしれない。それに、夕鶴自身の様子が、近頃おかしいのだよ。何かを知っているように、妙によそよそしかったりしてね」

「気のせいですよ。麻矢ちゃんのお父さんが殺されたのですもの、少しはおかしくなって当然だわ」

「そうかな、それだけならいいのだがね」

伴太郎は不安そうに口をすぼめた。

第五章　ずいずいずっ転《ころ》ばし

1

箱根芦ノ湖スカイライン脇の崖下《がけした》で、死体となって発見された男の身元は、事件二日後には判明している。

山梨県出身・住所不定・無職・額地友延《がくじとものぶ》・五十歳――がこの男の素性であった。

額地は窃盗、猥褻《わいせつ》行為など前科十二犯で、つい十日ほど前に網走刑務所を出所したばかりだった。

額地が網走送りになる前は、東京・新宿界隈《かいわい》を徘徊《はいかい》していたことは分かっていたから、警察の聞き込みは、その周辺で行なわれ、その結果、出所後も、やはり額地は新宿に舞い戻っていたらしいことが分かった。

額地は、以前からなかなかの洒落者《しゃれもの》として、仲間うちでは知られた存在だった。どこでどう工面するのか、そう上等ではないにしても、常にこざっぱりした服装をしていて、とても「住所不定・無職」のイメージではなかったそうだ。

新宿に戻って来た額地は、この近辺ではいままで見掛けなかった男と、親しそうに付き合っていたらしい。額地より少し年長かといった歳恰好《としかっこう》の男で、公園などで額地と何やらヒソヒソ話をしているところを、何人かに目撃されていたというのである。

もっとも、目撃者はいずれも「住所不定」仲間だから、言うことが曖昧《あいまい》で、はっきりしない部分が多い。

連中の話を総合すると、その男は、戦後間もないころロシアかぶれの文学青年が着ていた、ルパシカのようなコートの襟を立て、カーキ色の登山帽を被《かぶ》り、サングラスをかけていたという。

これが事実なら、かなり特徴的だが、いざその男を探そうとすると、実体が分かりにくい。目撃者はいずれも、かなりの距離を置いて目撃していることが分かってきた。どうやら、額地とその男は、仲間うちにも知られたくないような、秘密の相談ごとをしていた気配が感じられるのである。

ただ、額地がその男からなにがしかの金をもらっていたらしいことは、仲間の証言で推測できた。男と会ったあと、額地は決まって歌舞伎《かぶき》町のバーへ出掛けていたそうだ。ふつうなら、屋台のおでん屋か、せいぜい一杯飲み屋あたりへ行くところを、額地はバーへ行く。額地が仲間うちでの嫌われ者であったのは、この辺に原因があるのだそうだ。

警察は、ともかく、そのルパシカ風の男が、事件に何らかの関係がある人物と見て、行方を追った。

一方、額地が網走を出たのと同じ日に、やはり網走刑務所を出所している男がいることを突き止めた。

山形県出身・住所不定・無職・黒崎賀久男・五十九歳——がその男である。

黒崎と額地は刑務所の中でも親しく付き合っていたそうだ。出所した後、二人が行動を共にしているところを目撃した人間も何人か現われた。二人が網走駅から同じ列車に乗って札幌方面へ向かったところまでは、どうやら確認できた。

そして、黒崎が出所の際に受け取った荷物の中に、ルパシカ風のコートや、カーキ色の登山帽があったことも分かった。

警察はただちに、黒崎を重要参考人として手配することになった。

額地友延の事件に関するマスコミの扱い方は、きわめて冷淡なものであった。芸能界の男と女の、くっついた離れたといった、どうでもいいような話にはワッと飛びつくテレビのワイドショーも、「住所不定者」の変死事件などに割く時間は、ただの一秒もないらしい。

新聞に小さく「刑務所仲間が関与か？——」と、ちっぽけな記事が出たのを最後に、事件は完全に、社会の流れの底に埋没してしまった。

浅見が伊勢佐木署の捜査本部に半田警部を訪れたのは、その記事が出た二日後のことである。

刑事課の部屋のドアには、「叡天洞店主変死事件捜査本部」の張り紙がしてあった。事件発生直後にはなかったはずの張り紙である。「殺人事件」と断定するところまではいっていないものの、「自殺」よりはいくぶん「他殺」への疑惑が深まったという警察の意識の象徴といっていい。その意識のよってきたる所以《ゆえん》に、浅見は興味を惹《ひ》かれた。

半田警部の話によると甲戸天洞が「変死」した事件の捜査は、知人関係に対する聞き込みをひとわたり終えて、それぞれの供述の裏付け作業に取り掛かった状態であった。

警察はかりに、これが「他殺」だとするならば、基本的には顔見知りによる犯行を想定している。甲戸の事務所で、就業時間前に落ち合っていることがその主たる理由だ。したがって、当面、友人知人の洗い出しに全力を傾けているのも納得できる。

「ところで……」と、浅見は半田警部の解説をひととおり承ってから、おそるおそる言った。

「叡天洞の周辺での聞き込みは、すでに完了しているのでしょうね？」

「もちろんです。充分、時間をかけて、何回にもわたって聞き込み捜査を行ないました」

半田は胸を張った。

「それで、怪しげな人物を目撃したとか、そういった話は出なかったのでしょうか？」

「いや、出ましたよ。いくつか目撃者の話を取ることができました。事件があったのは、午前八時前後ですからね。叡天洞は始業前だが、あの界隈の会社や商店などに通勤する人などが、近くを通ってはいました。そういう人たちの何人かが、不審者を目撃しているのです」

「不審者といいますと、どういう？」

「まあ、いろいろだが……」

半田は言葉を濁した。捜査の機密に属すことを、漏洩《ろうえい》するわけにはいかない――と言いたげだ。

「たとえば、初老の男だとか」

浅見は水を向けてみた。

「ん？……」

半田はジロリと、あまり嬉《うれ》しくない目で浅見を見た。浅見はその反応に力を得たように、重ねて言った。

「ルパシカ風のコートを着て、登山帽を被り、サングラスをした、初老の男ではありませんでしたか？」

「あんた……」

半田は露骨に不愉快そうな顔をした。

「それ、誰に聞いたのかね？　困るんだよねえ、うちの若い捜査員を騙《だま》して、そういう話を聞き出すのは」

「いえ、そんなことはしていませんよ。それに、警部の部下である若い刑事さんたちの中には、そういう口の軽い人はいないと思いますが」

「ん？　ああ、それはまあそのとおりですがね……だったらどこから？」

「そうですね……僕のほうもニュースソースを明らかにするわけにはいきませんが、箱根芦ノ湖スカイラインの事件のからみで、たまたま聞き込んだ話だということだけ申し上げましょうか」

「えっ、あの事件だったら、同じ神奈川県警で扱っている事件だが、それが何か関係しているとでも言うのかね？」

「それは県警のほうに問い合わせると詳しいことが分かりますよ」

「ん？　ああ、もちろんそうするが……ちょっとあんた、待っていてくれんか」

半田警部は慌ててどこかへ電話をかけに行って、しばらく経って戻って来ると、さっきよりさらに不愉快そうな顔になっていた。

「浅見さん、あんた悪いが、取調室のほうに入ってくれませんか。いろいろ訊《き》きたいことがあるのでね」

一応「くれませんか」と言ってはいるけれど、断るわけにいかない、強圧的な言い方だった。

応接室での話は、外部に洩《も》れやすい。いつどんな人間が廊下を通りかかるか分からない。そこへゆくと、取調室は密室である。大声を出そうと、机を叩《たた》こうと、ときには被疑者が悲鳴を上げようと、まったく気にすることはない。

浅見は取調室の固い椅子に座らせられて、それから三十分ばかり待たされた。

「県警本部のほうから、あっちの事件の担当者が来るもんでね」

半田はそれだけ言うと、あとは浅見と向かいあう椅子にふんぞり返って、黙りこくった。浅見が事件のことや、それ以外の世間話をしかけても、「ああ」とか「うん」とか、愛想のない亭主のように答えるだけだ。

額地友延の事件を担当しているのは、神奈川県警捜査一課の飯塚《いいづか》という警部であった。捜査本部は箱根署にあるのだが、実際の捜査は新宿を中心とする地域に限定されているので、飯塚はほとんど県警本部にいて捜査指揮を取っているらしい。

別の事件を扱う主任警部が二人揃《そろ》って、こんなふうに、一人の人物から事情聴取をするなどということは、まず珍しい。

「浅見さん、おたく、ルポライターだそうですね。つまり、ブンヤさんの仲間というわけですか」

飯塚警部は自己紹介を終えたあと、半田が書いたらしいデータに目を通しながら、そう切り出した。

「しかし、ルポライターにしても、ちょっと情報に通じすぎているようですなあ。いったいどこからその情報を仕入れたのか、聞かせてくれませんか」

「ですから、そのニュースソースは申し上げられないと言っているのです」

「いや、かりに部下の者がおたくに情報をリークしたとしても、べつに罰するということはしないので、教えてもらいたいのですがねえ」

「どこの誰からかは言えませんが、いずれにしても、警察の人から聞いたものではありませんよ」

「なるほど、つまり独自の調査によって得た情報というわけですか」

「まあ、そう考えていただいていいでしょう」

「そんなふうに逃げられると、いっそう疑いたくなるのが、われわれ刑事の因果なところでしてね」

飯塚警部はニタリと笑って、

「正直に言いましょう。じつは、浅見さんがそういう事実をこちらの半田警部に話してくれるまで、残念ながら、われわれは芦ノ湖スカイラインの事件と伊勢佐木町の事件とが繋《つな》がっているとは、まったく気がつかなかったのでしてね。その意味から言うと、おたくが現われてくれたことは、大いに感謝しなければならないと思っているのです」

「いや、僕なんかが現われなくても、いずれは警察がキャッチすることでしょう。単に早いか遅いかだけの問題です」

「それは当然のことです」

飯塚は重々しく言った。半田もそれに合わせて頷《うなず》いている。半田は飯塚よりもかなり年配に見えるのだが、どちらかというと、多少、遠慮ぎみな様子があるのは、飯塚のほうが出世が早い、いわゆるエリートコースに乗っているせいかもしれない。

「それはそれとしてですね、伊勢佐木町の事件に関していえば、警察は数人の挙動不審者の中に、そのルパシカ風の男を入れてはいるが、まだ聞き込み段階で、事件との関係があるのかないのかなど、ぜんぜん打ち出してはいないのです。それにもかかわらず、浅見さんはわれわれ芦ノ湖スカイラインの事件の捜査線上に、やっとこ浮かんだばかりの人物が、その男ではないかと言ってきた。それは警察側から見ると、きわめて異常なことでしてねえ。つまり、どのくらい異常かと言うと、浅見さん、おたくは、犯人そのものに匹敵するぐらい『知りすぎていた男』ということになるのですよ」

飯塚はかなりの映画ファンらしく、ずいぶん古いヒッチコック映画のタイトルにひっかけて、言った。

「なるほど、それで分かりました。僕は目下、『間違えられた男』になりかかっているところなのですね？」

浅見も負けじと、しゃれで返した。

しかし、飯塚はあまり喜んだ様子は見せなかった。むしろ、鼻の頭に皺《しわ》を寄せて、不機嫌を剝《む》き出しにして言った。

「浅見さん、おたく、ただのルポライターなんかじゃないでしょう。いや、そうだとしても、どこかで犯人と接触しているのじゃないの？　いや、どうも犯人の所在を知っているみたいだな。釈迦《しゃか》に説法かもしれないが、犯人秘匿は重大な犯罪ですぞ。まあ、現段階では、おたくのほうから出頭して来たのであるからして、罪は軽減されるが、こうなった以上、速やかに事実を申し立てたほうが身のためですな」

飯塚は背を反らせて宣言した。半田も「そうそう」と同調して、二人揃って浅見を睨《にら》み据えた。

「僕は犯人と接触なんかしていませんよ」

浅見は慌てて弁解した。

「ルパシカ風の男のことを知ったのは、新宿付近での聞き込み捜査の噂を、ちょっと耳にしただけのことです」

「しかしだね、それはいいとしてもだ、なぜ伊勢佐木町の事件と結びつけて考えることができたのかな？　その理由を言ってくれませんかね」

「理由なんかどうでもいいじゃないですか。とりあえず結びついた。それで捜査のスピードアップが図れるなら、それに越したことはないでしょう」

「ふーん、それでおたく、何が目的なの？」

「目的？　べつにそんなものはありませんよ。捜査が順調に進むのは、善良な市民のひとしく願うところです」

「そんな言い訳をまともに信じるばかがいるかね。まあ、ルポライターであるなら、特ダネを摑《つか》むのが目的なのかな？」

「そんなもの……前にも半田警部さんに言ったように、僕は事件記者じゃありませんよ。旅行ガイドブックだとか、歴史関係の雑誌に原稿を書いている、しがない物書きです。事件のことなんか書きません」

「気に入らないねえ……」

飯塚は、ついに我慢の限界に達したとでも言わんばかりに、両方の肩を交互に揺すり上げるようにして言った。

「あんた、浅見さん、どうしても言わないというのなら、しばらく泊まっていってもらうことになるが、それでもいいですか？」

「冗談じゃありませんよ」

浅見は思わず椅子から腰を浮かせた。

「僕個人としては、泊めていただくのは構いません。食費が浮くくらいなものですからね。しかし家族のことを考えると、恐ろしくて、夜もおちおち眠れないでしょう」

しゃれやジョークどころではない。浅見の脳裏を、賢母と賢兄の顔が過《よぎ》って、本気で震え上がった。

「第一、警部さん、僕を勾留《こうりゅう》する、いかなる正当な理由があるというのですか？」

「そんなもの」と、飯塚はせせら笑った。

「いくらでも理由は提示できますよ。少なくとも、捜査当局が証拠湮滅《いんめつ》の可能性ありと認めるに足るケースですからな。そうですね、半田警部」

「そうそう……」

半田は相槌《あいづち》を打って、ポケットから手帳を取り出した。

「それじゃ浅見さん、お宅のほうに連絡して、当座の着替えなんかを持って来てもらうことにしましょうか。いや、もちろん、その程度の連絡は無料でサービスしますよ」

「ま、待ってくれませんか……」

下らない脅しと分かってはいるけれど、いずれにしても家のほうに連絡が行くようなことになるのは、具合がわるい。

かといって、三郷家のスキャンダルを公《おおやけ》にするような結果も、むろん望ましいことではない。

(どうしよう——)

浅見は進退きわまった。

2

「お話ししてもいいのですが」

浅見は万やむをえない——という、苦渋に満ちた顔を作って、言った。

「二つだけ条件を守ってくれますか?」

「条件？……条件にもよりますがね、まあ、なるべく希望を叶《かな》えて上げますよ」

飯塚警部は鷹揚《おうよう》に頷いた。

「言ってみなさい」

「一つは僕の家のほうには連絡しないでいただきたいのです。おふくろが心臓を患っていましてね、ちょっとしたショックであの世に行かないともかぎりません。そんなことになって、業務上過失致死で警部さんを告発しなければならなくなるのは、僕としてもつらいのです」

「ははは、業務上過失致死はよかったな。いいでしょう、あんたが罪を犯している疑いが何もなければ、連絡はしませんよ」

「ありがとうございます」

「それで、もう一つの条件というのは？」

「それからもう一つは、捜査活動に僕も参加させていただきたいということです」

「は？」

飯塚も半田も、何か聞き間違いでもしたのかな？——という顔で、浅見を見た。

「ですから、僕が知っていることをお話しする代わりに、警察の捜査のお手伝いをさせていただきたいと……」

「ははは、だめだめ、何を言ってるの」

飯塚は半田と顔を見合わせて、もういちど「ははは……」と笑い直した。

「何を言うのかと思えば、捜査に参加したいですと？　冗談じゃない。どこの世界に民間人を事件捜査に参加させるところがありますか？」

「ありませんかねえ？　たとえば、シャーロック・ホームズだとかポワロ探偵だとか。日本だって、金田一耕助《きんだいちこうすけ》……」

「ばかばかしい、あれは推理小説の世界でしょう。現実の世界――ことに法治国日本においては、民間人が警察の捜査に参加するなんてことは、絶対に許されないのです」

「しかしですよ、『暴力を見たら一一〇番』などと、捜査協力を奨励しているじゃありませんか」

「それは通報はしてもらいたいですよ。泣き寝入りしないで、届け出てもらうことも大いにやっていただきたい」

「しかし、届け出たりしたら、後でお礼参りが恐ろしいのじゃありませんか？」

「そんなことはさせませんよ。警察が守って上げます。それが警察の仕事です」

「なるほど、暴力団とつるんで、捜査の情報を流してワイロをもらうのは、あれは大阪府警だけの特別サービスで、警察本来の業務ではないのですね」

「あんたねえ、われわれに喧嘩《けんか》を売るつもりですか？」

「いえ、とんでもない、ただ、警察への協力には、多少なりとも危険は伴うのではないかな——と言いたかっただけです。しかし警察が守ってくれるのなら安心です。大いに捜査協力をさせていただいてもいいのじゃありませんか？」

「ん？……いや、どうもあんたの言うことを聞いていると、うっかり丸めこまれそうだが、とにかくだめなものはだめ。警察の捜査は探偵ごっこじゃないのだからね」

「そうですか……それじゃ諦《あきら》めるほかはありませんねえ……残念だなあ、折角、黒崎賀久男の犯行目的をお教えしようと思っていたというのに……」

浅見は椅子から立ち上がった。

「おい、あんた、どこへ行くの？」

飯塚は呆《あき》れて大声を出し、半田はドアへ走って、退路を遮断した。

「どこへって、もちろん家に帰るのです。ここでの仕事にあぶれたら、すぐにべつの仕事をしないと、居候をやっていけなくなりますからね」

「ふざけるんじゃないよ、あんた。警察をなめると、ほんとうに、三食つき、宿舎つきの単純作業を斡旋《あっせん》することになるよ。それよりあんた、黒崎賀久男の名前をどうして知っているんだ？　え？」

「ほらみなさい」

浅見は得意そうな顔をしてみせた。

「警察がやっと調べたことだって、ちゃんと知っているのですからね、僕がいかに役に立つ人間であるか、ということをお分かりいただけたでしょう？」

「とんでもない、ますます心証が悪くなる一方だよ。あんたは犯人の次にかぎりなく容疑者に近いね。心臓の弱いお母さんのために、あんたが犯人そのものでないことを祈りたい心境だ」

浅見は「母親」と聞いて、また不安になった。

「警部さん、ちょっと気になったのですが、黒崎賀久男のことは、まだマスコミには流していないのですか？」

「ああ、もちろんです。捜査本部でも、一部の人間が把握しているだけですよ。その事実をあんたが知っているというのは、したがって、大いに怪しいわけだ」

「なるほど、それは言えますね。しかし僕は犯人でも一味でもない。しこうして、その実体は――となると、警察にとって、きわめて頼りになる協力者としか考えようがないと思いますが」

「あんたねえ……」

半田警部が、ついに黙っていられなくなったとばかりに、怒鳴った。

「それじゃ訊《き》くが、あんた、どうしてそんなに、捜査に協力したいのかね？　何かよほどいいことでもあるのかね？」

「いいこと……」

浅見の頭を、夕鶴と麻矢の顔が掠《かす》めた。彼女たちの騎士《ナイト》でありたい――という、邪《よこしま》な願望もないわけではない。

「警部さん、正義が行なわれ、世のため人のためになること以上の『いいこと』があるとでもいうのですか？」

「いや、ない、たしかにありませんな」

半田も飯塚も、深い溜《た》め息をついた。

「分かった、分かりましたよ浅見さん。あんたの希望に沿うようにするから、黒崎賀久男の犯行目的というやつを聞かせてもらえませんかね」

飯塚はがぜん、下手に出た。聞くだけ聞いておいて、あとで本性を剝《む》き出しにしようというハラだが、浅見もそんなことは承知の上だ。こっちには切札が二枚、三枚と用意してある。

「ではお教えしましょう」

浅見は座り直し、もったいぶって言った。

「黒崎の犯行は、三十五年前の復讐《ふくしゅう》を行なうことが、目的ですよ」

「三十五年前？……」

二人の警部は顔を見合わせてから、半田が訊いた。

「何です？　その三十五年前というのは？」

「三十五年というのは、黒崎の刑期なのです」

飯塚が答えた。

「えっ、そうなのですか、三十五年も？……おっそろしく長いですな。婦女暴行・殺人罪にしても、ちょっと長すぎるような気がしないでもないが……」

半田は首をひねって黙った。半田に代わって、飯塚が言った。

「それはともかく、それで復讐というと、つまり、黒崎はお礼参りをしたっていうことかね？」

「ヤクザじゃないのだから、お礼参りはないでしょう。彼は、自分を罪に陥れた人間に復讐するつもりなのですよ、きっと」

「ふーん、復讐ねえ……」

飯塚は暗澹《あんたん》とした顔になった。自分が生まれたころにあったできごとが原因で、いま殺人が行なわれているというのだ。感慨無量にならざるを得ないのだろう。

「殺された甲戸天洞さんは、その事件での証言者の一人なのです」

浅見は言った。

「そんなやつを、なんだってムショから出したりするんだ」

たったいま「長すぎる」と言ったばかりなのに、半田は吐き出すように言った。

「このあいだも、出所して一ヵ月も経たないやつが、殺しをやりやがった。いくら警察が掃除をしたって、片っ端からゴミを出すから、そういうことになるんだ」

「それは相対的な問題でしょう」

浅見は悲しそうに眉《まゆ》をひそめて、言った。

「警察は何もしていない人間を、しばしばゴミのように扱いますよ」

「なに！……」

半田は浅見の胸倉を摑《つか》んだ。

「まあまあ……」

飯塚が半田を宥《なだ》めなければ、浅見はそれこそ、ゴミのように床に転がっていたかもしれない。

「半田さん、すみませんが、この人の言うことが事実かどうか、部下の方に確認してもらえませんか」

「分かりました」

「それと、もう一つ、ついでに……」

飯塚は浅見から見えない側の手で浅見を指差して、意味ありげな目をして見せた。

半田もニヤリと笑って、「もちろん、そうするつもりです」と言った。

「ちょっと待って！」

浅見は半田の後ろ姿に呼び掛けた。

「まさか、僕の家に連絡なんかしたりする気じゃないでしょうね？」

半田は浅見の「それだけはだめ！……」という悲痛な叫び声に、肩で笑い返して、さっさと取調室を出て行った。

「何も心配しなくてもいいですよ、あんたがいやがるようなことはしませんからね」

飯塚は女蕩《おんなたら》しみたいな台詞《せりふ》を言った。

「いやがるって……そういう問題じゃないんですよ。居候の身分にかかわることになるから、配慮をお願いしているのじゃないですか。家を追ん出されたら、ソアラの中で暮らせとでも言うのですか？　第一、そのソアラのローンはどうなるのです？」

「だから、それは心配しなくてもいいと言ってるでしょうが。職住接近、三食つきの、規則正しい健康的な生活を約束しますよ」

飯塚は天井を仰いで「ははは」と高笑いをした。

半田はそれから間もなく戻って来た。しかし、二つの「調査」は作業に手間取る。

「小一時間はかかりそうですな」と半田は言い、それっきり長い沈黙が取調室を支配することになった。実際、こういう場合、警察官くらい話題の乏しい人種はいない。

腕組みをして、達磨《だるま》のように一点を見つめる二人の警部を前にして、浅見は精神的拷問を受けているような気分であった。

三十五年前の裁判記録を探すのに、どの程度の手間と時間を要するのか、見当がつかない。

それと、捜査員が東京・北区西ヶ原三丁目の浅見家を訪問して、次男坊の人となりを確認するのとでは、どちらの作業が早いのだろう——。

せめて裁判記録の中に甲戸天洞の名前が発見されるのが早ければ、浅見家への自宅訪問は中止されるかもしれない。それが唯一の、かすかな希望の灯であった。

そして、朗報と悲報は相次いでもたらされた。

まず、半田の部下の刑事がやって来た。

いきなり取調室に入って来て、メモを片手に、「先刻の件についてご報告しますが」と言った。

「おいおい、待てよ、外で……」

半田は制したが、飯塚は「いいじゃないですか、浅見さんにも一緒に聞いてもらいましょうや」と、面白そうに言った。手品のタネ明かしでも見るつもりでいる。

刑事はメモを読みながら、報告した。

「えーと、山形地裁における三十五年前の裁判で、黒崎賀久男が有罪判決を受けた経緯についての調査結果ですが、有罪の決め手となる証言を行なった六人の証人の中に、甲戸彰男という人物がおります。この人物が、今回殺された甲戸天洞と同一人物であることも確認しました」

「ふーん」

飯塚警部は不思議そうに浅見を見つめた。その目がしだいに険しくなってゆくのが、浅見には、はっきり見て取れた。

「あんた、浅見さん、いったい何者なのかね？　まさかその裁判を傍聴したわけじゃないだろう」

飯塚があまり質のよくないジョークを言ったとき、廊下を慌ただしくやって来る足音が聞こえた。

ノックもなしに、ドアが開けられ、警部補の襟章をつけた制服の、たぶん内勤らしい男が、「警部、警部、ちょっと」と半田を手招いた。

「何だね、用件ならそこで言えよ」

「しかし、いいのですか？　その人のことについての、調査結果ですが」

警部補は浅見のほうに顎《あご》をしゃくって、気がかりそうに訊《き》いた。

「ああ、いい、構わないよ、一緒に聞いてもらいましょうや」

半田は飯塚のかっこよさを真似るつもりらしい。

浅見は観念して、目をつぶった。

「それではご報告しますが」

警部補はメモを読んだ。

「えーと、浅見光彦に関する身元確認の調査結果によれば、同人の身分は申告どおり、フリーのルポライターであり、前科はなし、速度違反が一度、駐車違反が三度あります。父親はすでに死亡、長兄名義の住居に、母親と兄夫婦および兄の子供二名とともに同居。兄の職業は警察庁……」

「なにっ？……」

飯塚と半田は驚いて、同時に、椅子にそっくり返っていた上半身を起こした。

「警察庁だって？　じゃあ、あんたの兄さんというのは、われわれの同業かね？」

飯塚が呆《あき》れ顔で言った。

「はあ、まあ……不肖の弟でして」

浅見は面目を失って、肩を落とした。

「あのォ……」と警部補が遠慮がちに声をかけた。

「つづきは読まなくてもよろしいのでしょうか？」

「ええ、もう結構ですよ」

浅見は急いで言った。飯塚は「勝手なことを」と言わんばかりに、ジロリと睨《にら》みつけて、言った。

「まだ先があるのなら、一応、最後まで聞かせてもらいましょうか」

「はい、それでは……兄の職業は警察庁勤務、現職は刑事局長、以上であります」

今度は二人の警部は声を発しなかった。口をポカンと開け、まるで悪夢でも見ているような目を、たがいの顔に向けた。

3

翌日には、「叡天洞殺人事件」と「芦ノ湖スカイライン殺人事件」の合同捜査本部が伊勢佐木署に設置された。

当面、捜査本部の総指揮は神奈川県警捜査一課長の佐々木輝雄《さききてるお》警視正がとり、飯塚、半田両主任警部は協力して捜査にあたることになった。

三郷家には、飯塚警部が自ら事情聴取に訪れている。三十五年前の裁判について、詳しい事情を聞きたいというのである。ほぼ時を同じくして、泉野梅子と、それに山形・河北町の横堀老人のところにも、同様の趣旨で捜査員が訪問した。

むろん、彼らに対しては、浅見が前もって箝口令《かんこうれい》をしいておいた。

「偽証があったなどということは、絶対に口にしてはいけません」

このことは、浅見は口をすっぱくして強調した。そうしないと、三人の「証人」は、簡単に偽証のことを暴露しかねないほど、精神的に参っていた。ことに三郷伴太郎は梅子と横堀を巻き込んだ偽証だっただけに、自責の念にかられて、わずかのあいだに、半病人のように痩《や》せてしまった。

「正直に偽証があったことを言っても、警察は喜びませんよ。検察も裁判所も、誰も喜びません」

浅見は、悪事に加担しているような自己嫌悪に苛《さいな》まれながら、彼らを説得した。

三十五年を棒に振った黒崎には同情するけれど、いまさらスキャンダルを暴露しても、誰も救われることはないのだ。いや、すでに甲戸天洞は殺され、額地友延も、おそらく口封じのためなのだろうが、とばっちりのように殺された。黒崎の「復讐《ふくしゅう》」は、明らかにやりすぎである。

いずれにしても、黒崎のターゲットは六人の証人のうちの、生き残った三人——ことに三郷伴太郎に絞られたと考えていい。

警察は常時、二名の刑事を身辺警護のために用意し、伴太郎につけた。

だが、そういう警戒を察知したのか、その後いっこうに黒崎は現われなかった。

一週間、二週間……警察は警備を解いた。黒崎の「復讐」は終わった——と誰もが思った。いや、思いたかった。しかし、黒崎の行方は杳《よう》として摑《つか》めない。安堵《あんど》と不安の交錯するうちに時が流れた。

十月半ば過ぎ、渋谷《しぶや》のホールで三郷夕鶴のリサイタルがあった。これには、夕鶴の両親をはじめ、叔母《おば》の泉野梅子、親友の甲戸麻矢はもちろん、親類縁者、友人知人の多くが招待された。

浅見も夕鶴から直接、招待券をプレゼントされた。二枚くれるというのを、一枚だけでいいと辞退した。

「隣に座るべき人がいないのです」

「ほんとですか？」

「自慢じゃないが、ほんとです」

「だったら、麻矢の隣に座って上げてください。麻矢も一枚でいいって言うんです」

「はあ、僕でよければ」

浅見は複雑な心境であった。いや、それは夕鶴のほうも同じだったらしい。

「ほんとは、悔しいんですけど……」

夕鶴が頰を染めて、ポツリと言ったのを、浅見は聞こえなかったふりをした。

浅見にとって、このリサイタルは、三郷家につらなる人々と知り合ういいチャンスになった。人々のほとんどは、甲戸天洞の事件を知っていても、三郷家までが殺人事件の影に脅《おび》えていることなど、まるで知らないらしい。ホールのロビーで顔見知り同士が和やかに歓談して、ひさびさに三郷一族にも、消えていた明るさが訪れたかと思われた。

そこで浅見は、はじめて三郷輝子に会った。

輝子はたしか五十歳を五つか六つ過ぎているはずである。しかし、いつも微笑を絶やさない顔や首筋の肌はつややかで、いかにも若々しい。気取らず、のびやかに振舞っていて、しかも少しも気品を失わない。幼いころに、空襲で一家全滅の憂き目を見たことなど、到底、想像がつかない、苦労知らずのような雰囲気を持っていた。

ロビーの一角に屯《たむろ》している知人たちに、輝子は夕鶴の代わりに挨拶《あいさつ》をして廻《まわ》っていた。浅見にはことさらに丁寧に頭を下げ、「主人と夕鶴がお世話さまになっております」と言った。淡い紫系統の地に、同系色のいくぶん赤みがかった枯れ葉模様を散らしたドレスを着ている。

次の客へ向かおうと、「ごめんあそばせ」と浅見の前をすり抜けたとき、彼女のドレスから、いい匂いが漂い出て、鼻孔をくすぐった。

輝子に対して、浅見のことは、伴太郎と夕鶴の共通の友人という触れ込みである。浅見を夕鶴に紹介したのは霜原宏志だが、いまやその霜原よりも浅見のほうが親密な間柄になっていた。

霜原も招待された一人だ。霜原は、テニスのコーチという職業がそうさせるのか、女運がいいというのか悪いというのか、艶聞《えんぶん》の絶えない男だ。浅見は二番目の結婚式までは出席したが、三人目の夫人とは面識のないまま、別れたという噂だけを聞いた。

当の霜原は屈託がなく、相変わらず日焼けした顔で陽気に振る舞っている。浅見の顔を見つけると、近寄ってきて、いきなり「おい、夕鶴君は浅見には無理だぞ」と言った。

「ばか、おれにはそんな気はない」

浅見はうろたえて、周囲を見回した。

「ははは、本気にするなよ。そんなことだから、いつまで経ってもカミさんが出来ないんだ。夕鶴君でも麻矢さんでもいいから、アタックしてみろよ」

霜原は浅見の背中を小突くと、力岡夫妻たちのいるグループのほうへ行ってしまった。その後ろ姿を見送っていると、背後から「浅見さん」と麻矢が声をかけた。

「霜原さんと力岡夫人のこと、よく見ていてごらんなさい」

彼女に言われる前に、浅見は二人が、指をかすかに上げて、サインを交わすのを見てしまった。

「困ったやつです」

浅見は自分のことのように、顔が赤くなるのを覚えた。

「あなたにまで見透かされているのですか」

「あら、私は夕鶴から聞いたのです。でなければ気がつきませんよ」

「そうですかねえ、すぐ分かりますよ、あいつは演技のできない男だから」

「それは浅見さんの眼力が鋭いからだわ。透子さんのご主人は気がついていないみたいです。もっともあのひと、元男爵か何かの家柄で、万事おっとりしていますからね」

「かなわないなあ……」

浅見は苦笑した。

「しかし、あなたがそんなふうに元気そうになって、ほんとによかった。お店のほうもちゃんと仕切っているのだそうですね。立派ですねえ」

「ええ、なんとか、無我夢中でやってますけど、でも、やっぱり男の人にはかなわないなあって、思うことが多いんです。早くお婿さんをもらって、助けていただきたいわ」

意味深長な目つきで見られて、浅見はドギマギしてしまった。

「彼はどうなのですか？　お店にいる東木さんは、まだ独身だそうじゃないですか」

「いやだ、あの人はもう三十七か八ですよ」

麻矢は呆《あき》れたように笑った。

「それに、東木さん、好きな人がいるんですよ」

「あ、そうなんですか」

「誰だと思います？　そのお相手は」

「さあ、誰ですか？」

「夕鶴の叔母さま――泉野未亡人ですよ」

「へえーっ……」

浅見は驚いた。泉野梅子と東木とでは、おそらく二十歳近く違うはずだ。「愛があれば歳の差なんて」というのは本当だな――と、あらためて感心した。

「楽屋へ行きましょう」

麻矢は浅見の腕を取って、ロビーから楽屋へ通じるドアに向かった。

演奏前の夕鶴の楽屋には伴太郎・輝子夫妻をはじめ、泉野梅子、力岡勝・透子夫妻、それに甲戸麻矢と浅見光彦が集まった。

夕鶴は、黄色地にところどころ金糸の刺繡《ししゅう》のある、豪華なドレスをまとっている。まるで女王のように気高く美しく、浅見の目には眩《まぶ》しかった。

身内の者たちばかりだが、心地好《よ》く緊張した気配が漂い、声高に喋《しゃべ》る者はいない。メイクとコスチュームの係が引き揚げ、矢代マネージャーが開演時刻が迫るのを気にして、しょっちゅう時計を見ている。

電話が鳴って、矢代が受話器を取った。交換からららしく、伴太郎に向けて「お宅からお電話です」と受話器を差し出した。

伴太郎は受話器を耳に当てると「ああ、利ちゃんか」とお手伝いの名前を言い、「何だい？」と訊《き》いた。

しばらく、「うん、うん……」と、もっぱら聞く側だけに立っていて、「分かった、こっちでなんとかするよ」と言って、受話器を置いた。

伴太郎は笑みを浮かべてはいたが、少し屈託した様子が見えた。

「何かあったの？　パパ」

夕鶴が勘よく、訊いた。

「いや、つまらんことだ。晩のパーティー用に頼んでおいたワインが、僕の希望どおりのものがないので、代わりのものにしていいかと訊いてきた」

「なんだ、ほんとにつまらないことだわ」

夕鶴は自分をリラックスさせるように、声高に笑って、椅子を立った。

「それじゃ皆さん、客席のほうへどうぞ」

客たちは、それぞれ、夕鶴を激励して、矢代マネージャーが開けてくれたドアから部屋を出た。

「浅見さん、ちょっと」と、伴太郎が寄ってきて、浅見を楽屋からホールへ出るドアの手前で引き止めた。

「いまの家からの電話ですがね」

伴太郎は声をひそめて言った。

「じつは、山形の横堀から電話があって、横堀の知り合いの人間が、昨夜、ルパシカ風のコートを着た男を見た——と言ってきたのだそうです」

「黒崎ですか？」

「顔ははっきり見えなかったそうだが、歳恰好《としかっこう》は六十歳ぐらいだったという話です」

「どこで、何をしていたのでしょうか？」

「とくに何をしていたというのでなく、河北町のメイン通りを南から北へ向かって歩いて行ったというのですが」

浅見は河北町ののどかな街の様子を頭に浮かべた。あの街の夜は暗いのだろうか？

「見た人も、べつに大して関心があったわけでなく、ただ、珍しい恰好をしているので記憶に残ったといったところだそうです。確かに、いまごろルパシカみたいなものを着る者は、そうざらにはいないでしょう」

伴太郎は不愉快そうに言った。

「第一、そんなもの、売っているところを見たこともない」

「そうですね、僕も、どういうものかさえ、はっきり知りませんでした」

「利子の話によると、横堀はすっかり脅《おび》えているのだそうです」

「そのようですね。ここまで連絡してくるのですから、よほど切実だったのでしょう」

「どうしたものですかね、警察に連絡するように言うべきでしょうか？」

「そうですね……」

浅見はしばらく考えてから頷《うなず》いた。

「とにかく、横堀さんが不安でしょうがないのでしたら、警察に頼んで、身辺をまもってもらったほうがいいでしょう。ただし、警察の警護がそれほど完璧《かんぺき》なものではないことも、横堀さんに教えて上げてください」

「えっ、警察は頼りにならないという意味ですか？」

「ええ、警察が行動を起こすのは、事件が発生してからですからね、事件になるかどうかも分からないようなケースで、一民間人の警護に、警察はそれほどのエネルギーを費やしませんよ」

「しかし、私たちにはかなり熱心にやってくれましたが……」

「それは三郷さんの場合はＶＩＰですから、比較になりません」

じつは、警察が熱心だったのは、それだけの理由ではなく、浅見刑事局長の弟が関与しているせいだったのだが、そんなことは言えない。

それでも、とにかく伴太郎は横堀に電話して、警察に連絡するよう、指示を与えることになった。

開演間際にホールに戻って来た伴太郎は、席に座る前に浅見の耳元に口を寄せ、「私が電話する前に、横堀はすでに警察に連絡していたのだそうですよ」と苦笑した。

4

この夜のリサイタルは、三郷夕鶴がいよいよプロとして、本格的な演奏活動を開始することを宣言する意義をもつ催しであった。

これまでショパンを中心に演奏してきた夕鶴は、チャイコフスキーとプロコフィエフをレパートリーに加え、華麗にして充実した演奏ぶりを披露した。

聴衆は熱狂的に反応した。夕鶴は鳴りやまぬ拍手の中で立ちすくみ、五たびアンコールに応《こた》えた。

終演後、矢代マネージャーは興奮して「すごいよ、すごいよ……」とうわ言のように口走りながら、楽屋の中を歩き回っていた。

興奮はむろん、夕鶴も酔わせた。楽屋の椅子に座っても、まだ両腕がピアノの鍵盤《けんばん》を求めて動こうとするかのように震えていた。彼女を囲む人々がお祝いの言葉を言うのも気がひけるような、異常な雰囲気であった。

新聞社や音楽雑誌の記者が取材をしにやってきた。それに受け答えしているうちに、夕鶴の興奮は、聴衆がホールから引き揚げるように、ゆっくりと鎮まっていった。

最後は身内の人間と少数の関係者だけが残った。

「さて、これからは内輪だけで夕鶴のアンコールを聴かせてもらおうかな」

伴太郎が言うと、矢代は首を横に振った。

「だめですよ、夕鶴さんは疲れています。明日いっぱいまではお休みさせて上げてください」

「いいのよ、矢代さん」

夕鶴は肩をそびやかすようにして言った。

「私もこのまま眠ってしまう気分にはなれないわ。明日からの旅発《たびだ》ちに向けて、前奏曲《プレリュード》を弾いてみたいの」

浅見はそのとき、三郷夕鶴がいっぺんで、手の届かない遠いところへ行ってしまったことを感じた。

夕鶴を凱旋《がいせん》将軍のように包んで、五台の車に分乗した人々は三郷家に向かった。

三郷家でのパーティーは午前二時までつづいた。夕鶴はさすがに十時半ごろには自室に引き揚げた。

客は夕鶴を見送ったあと、女性客や女性連れの者は早く引き揚げたが、男どもはかえって、タガがはずれたようにグラスを口に運ぶピッチが上がり、全員が消えるまでは時間がかかった。

ソアラでやって来た浅見も、つい飲みすぎた祝い酒の余韻がさめるまで待って、最後まで残る羽目になった。

浅見が玄関先へ出たとき、伴太郎が血相変えて追ってきて、「浅見さん、ちょっと」と引き止めた。

伴太郎は浅見を書斎まで連れて行って、声をひそめ「黒崎が現われた」と言った。

「いま、梅子から電話で、ルパシカ風のコートを着た男が窓の外にいたと言ってきたのです」

泉野梅子はほかの女性客と同様、午後十一時前にタクシーを呼んで三郷家を出た。自宅は横浜市緑区にある。その辺りはまだ田園の面影の残るところで、梅子の亡夫は広い敷地に大きな屋敷を建てた。

「隣家が離れているので、気がかりです」

伴太郎は青ざめた顔をしていた。

「警察に知らせましょう」

浅見は受話器を握って、伊勢佐木署の番号をプッシュした。うろたえて、二度、ボタンを押し間違えた。

飯塚、半田の両警部は、いずれも不在であった。それでも、浅見の名前を知っている刑事がいてくれた。

「すぐに泉野家へ急行してください」

浅見は頼んだ。刑事は「分かりました」と応じたが、敏速に動きそうな気配は感じ取れなかった。

「僕も行ってみます」

浅見は言って、玄関へ走った。

「私も行きますよ。道が分かりにくいでしょう」

伴太郎も上着をひっ摑《つか》むと、浅見につづいた。

国道246は深夜でもけっこう車の量が多い。この夜は暴走族が出ているのか、パトカーも走り回って、多摩《たま》川の橋を越えるまで、車の流れは悪かった。

伴太郎の不安が伝染したように、浅見も言いようのない不安を感じた。こういう予感がえてして的中することを、浅見はこれまでの経験で知っている。無意識にアクセルを踏む足に力がこもった。

246を折れて、住宅地への道を五分ほど走ると、泉野家のある街である。かなり手前からパトカーの赤色灯がクルクル回転しているのが見えた。

「警察は来てくれたようですね」

伴太郎はほっとして言ったが、浅見は逆に胸が締めつけられるような不安に戦《おのの》いた。

「なぜ赤色灯をつけているのですかねえ？　黒崎を逃がすようなものじゃないですか」

伴太郎もそれには不審を抱いたらしく、不満そうに言った。

パトカーの脇に、無線のマイクを摑んで喋《しゃべ》っている制服の警官がいた。すぐ近くに停まったソアラを見て、懐中電灯を向けてやってきて、いきなり怒鳴った。

「おたくさんたちは？」

「この家の親戚《しんせき》の者です。三郷といいます」

伴太郎が怒鳴り返し、警官を押し退けるように、前に進もうとした。

「ああ、だめだめ、そこから中には入らないで！」

警官は叱りつけるように言った。

伴太郎はギョッとして足を停め、浅見を振り返った。

「何かあったのですか？」

浅見は訊《き》いた。

警官は胡散臭《うさんくさ》そうな目を浅見に向けた。

「さっき伊勢佐木署に電話して、この家の警戒に当たってくれとお願いした、浅見という者ですが」

「あ、浅見さんですか、聞いております。いま署のほうに連絡しましたので、間もなく応援が来ます。それまでしばらく待ってください」

「あの……」

浅見は唾《つば》を飲み込んだ。

「中で何か？……」

「ええ、伊勢佐木署から連絡があり、ここに駆けつけて、中を調べたところ、女性が死亡していました」

「なんですって？……」

伴太郎が悲鳴のような声を上げた。

「梅子が殺されたのですか？　それともお手伝いのほうですか？」

「梅子さんというのは？」

警官は伴太郎とは対照的に、落ち着いた口調だ。

「妹です、この家の主人です」

「殺されたものかどうかは分かりませんが、亡くなっていたのは、かなり年配の女性ですよ」

「梅子だ……」

伴太郎は絶句して、次の瞬間、警官の脇をすり抜けて走りだした。

「あっ、あんた、だめ！……」

警官が怒鳴り、浅見も「三郷さん、待ってください！」と叫んだ。

「証拠が消えてしまう！」

浅見の声に、伴太郎は玄関前で思い止《とど》まった。振り向いた顔は、軒灯の下で恐怖に歪《ゆが》み、涙に濡《ぬ》れていた。

「しかし、電話をしなくちゃいけない……」

伴太郎はノロノロと引き返して来て、愚痴のように呟《つぶや》いた。

「電話なら、僕の自動車電話を使ってください」

浅見は伴太郎の腕を支えながら車に戻り、

「さあ、どこに電話しますか？　番号を言ってください」と励ますように言った。

伴太郎はまず妻の輝子に連絡した。輝子が仰天した様子は、伴太郎の話を聞いているだけでありありと脳裏に浮かんだ。

「朝になるまで休んでいなさい。それから、夕鶴には知らせないほうがいい、疲れているからね」

伴太郎は優しく言った。

次に、長女・透子の嫁ぎ先である力岡家に電話した。電話口には力岡勝が出た。

「やあお義父《とう》さん、さきほどは……」などと、柔弱な口調で挨拶《あいさつ》しているにちがいない。伴太郎はじれったそうに「勝君、いいからちょっと聞いてくれ」と怒鳴った。

伴太郎が梅子の「死」を告げると、送受器の中から「えっ、ほんとですか？」という力岡の声が洩《も》れて聞こえた。

「ああ、本当だ、といっても、まだ家の中に入っていないので、梅子の死体を確認したわけではないがね」

力岡は「すぐに行きます」と言って電話を切ったらしい。

サイレンが急速に近づいてきた。つづけざまに何台ものパトカーや鑑識の車、マイカーに赤色灯を載せた車などが到着した。

半田警部も自宅から直接駆けつけたらしく、浅見たちを見ると、眠そうな目で「どうも」と手を上げた。

そのころになると、近所でも、何事か――と起き出した人々が野次馬になって、遠巻きにこっちの様子を窺《うかが》いはじめた。

鑑識の連中が地面に薄っぺらな座蒲団《ざぶとん》のようなものを置いて、刑事たちはつぎつぎにその上を伝って建物の中に入った。

しばらく待たせて、伴太郎と浅見も中に呼ばれた。

梅子の死体はリビングルームの床に「く」の字型に曲がって、うつ伏せに倒れていた。頭から血が流れた痕《あと》があり、ひと目で、何か鈍器様の物で後頭部を殴られていることが分かった。

伴太郎は死体を見下ろして、うめいた。

「梅子……」

「泉野梅子さんに間違いはありませんか?」

半田警部が訊いた。伴太郎は頷《うなず》いて、「黒崎に殺《や》られたのです」と言った。

「黒崎に?……やつが殺ったというのは、何か?……」

「直前に梅子さんから三郷さんに電話があって、ルパシカ風のコートを着た男が、窓の外にいると言ってきたのです」

浅見が伴太郎に代わって、説明した。

「それを早く言ってくれませんかねえ」

半田は慌てて電話で本署に連絡し、付近一帯で検問をするよう指示した。しかし、いまから手配してもすでに遅いことは誰もが分かっている。いや、浅見たちが到着した時点で手配したとしても、効果が上がるとは考えにくかった。

鑑識が本格的に作業を始めるので、伴太郎と浅見は外に出された。ちょうどそのときになって、力岡の車がやって来た。車には力岡夫妻のほかに東木貴夫が乗っていた。

力岡は早寝の習慣がある透子夫人が帰ると言い出したために、三郷家から早めに引き揚げたものの、飲み足りないので、東木を自宅に呼んで飲み直しているところに、伴太郎からの連絡が入ったのだそうだ。

梅子にとっては姪《めい》夫婦である力岡夫妻よりも、東木の動揺ぶりがひどかった。虚脱したような表情で、いまにも崩れ落ちそうな様子であった。

鑑識の作業は建物の内外でつづけられていた。遺体はまだ暗いうちに搬出され、横浜の病院へ運ばれていった。

伴太郎以下の関係者は、ひととおり事情聴取を受けた後、自宅に引き揚げることになった。しばらくは泉野家には入らないでほしいというのが、警察の指示であった。その警察の意志の現われでもあるかのように、黄色と黒のダンダラのロープが、泉野家の周囲に張り巡らされた。

全員がひとまず三郷家に立ち寄った。そのころになって、夜が明けた。だれもかれもがそそけだったような顔をしていた。ことに東木のショックは強く、車を出たとたん、門柱の脇にしゃがみ込み、はげしく吐いた。吐いても出る物がなく、液体だけがダラダラと流れ落ちた。

「あいつ、本気で叔母《おば》さんのこと、愛していたんだなァ……」

力岡が透子に、しみじみと言った。

第六章　だれかさんの後ろに

1

浅見はいったん三郷家に上がったけれど、コーヒーを一杯ご馳走《ちそう》になると、すぐに事件現場へ取って返した。

泉野家の周辺には野次馬と、その内側にはマスコミ関係の連中が右往左往していた。浅見はその中の一人のような顔をして立入り禁止のロープ際まで近づき、二人の主任警部の顔を探した。

ふいに後ろから肩を叩《たた》かれ、振り向くと飯塚の顔が笑っていた。人差指を立てて「こっちへ」と合図するのについて、野次馬の輪の外側の少し離れたところにある、カローラの中に入った。

「えらいことになりました」

飯塚は表情を引き締めて、言った。

「こっちが警戒を解くのを待っていたみたいに、やられました」

事件そのものよりも、警察の責任問題を心配している。

「死因はやはり頭部の打撲ですか」

浅見は訊《き》いた。

「そのようですね、現在、解剖中だと思いますが、私の見た印象ではあの一撃で死亡に到ったものと考えられます。凶器は庭にあった花壇の縁石でした。凶器から指紋等は採取されておりません」

「お手伝いさんがいるはずですが、どうしたのでしょうか？」

まさか——と不安を抱きながら、言った。

「いや、お手伝いさんの姿は見えませんね。むろん家中を探しましたよ」

飯塚警部は浅見の不安を鎮めるように、かすかに笑顔を見せた。

そのとき、すぐ、目の前にタクシーが停まり、若い女性が転げるようにして降り立った。

「あっ、彼女ですよ、お手伝いさんです」

飯塚は車から出て、野次馬の後ろから泉野家のほうを覗《のぞ》き込んでいるお手伝いの肩を叩いた。

お手伝いはギョッとして振り返り、一度、事情聴取に訪れている飯塚の顔を見て、ホッと吐息をついた。

「ああびっくりした、警部さんですか……あの、何かあったのですか？」

顎《あご》の先で家のほうを示して、訊いた。

「ああ、ちょっとね……そうだな、あの車の中で話しましょう」

「えっ、どうして……あの……」

お手伝いは不安そうに問い掛けながら、飯塚の開けてくれたドアの中に入った。両手に持った荷物をシートの上に置き、助手席の浅見にペコリと頭を下げた。浅見家の須美子《すみこ》と同じくらいの歳恰好《としかっこう》だ。浅見は初対面だが、親しみをこめてお辞儀を返した。

「えーと、たしか吉富《よしとみ》さんでしたっけかね」

飯塚が言った。

「ええ、吉富芳枝です」

「そうそう、こちら浅見さんといって、えーと……」

「三郷夕鶴さんの友人です」

浅見がすかさず、自己紹介をした。

「あ、知ってます、奥さまからお聞きしました、夕鶴さんをお好きだとか」

「えっ、ああ、まあ……」

浅見は笑うわけにもいかず、顔をなでた。

「じつはですね、吉富さん」

飯塚が重々しく言った。

「泉野さんの奥さんが殺されたのですよ」

「えーっ……」

吉富芳枝はのけぞった。体が硬直して、シートからずり落ちそうになった。

「じゃあ、とうとう……」

黒崎という復讐鬼《ふくしゅうき》が、泉野未亡人を狙っている——という話は、芳枝も知っていることだ。

「どうやらそうらしいのですが、それで、昨夜あなたは留守だったのですか？」

「ええ、奥さまが、夕鶴さんのリサイタルがあるから、ひと晩、実家に帰っておいでっておっしゃったもので……」

「なるほど、実家はどこですか？」

「埼玉の秩父《ちちぶ》です。けさ、一番に乗って戻って来たのですけど……」

シートの上の、野菜か何かの土産物らしい包みを見つめていたが、ふいに「わーっ」と泣き伏した。

「私が留守にしなければ……」

泣きながら、悔しそうに口走った。たしかに、彼女がいれば——と思わせる、逞《たくま》しさのある女性だった。飯塚は女の涙には弱いらしい、当惑した顔を浅見に向けて、お手上げのポーズをしてみせた。

「いや、それは分かりませんよ。あなたがいれば、一緒に被害にあったかもしれないのですからね」

浅見は優しく言った。その言葉は彼女をわれに返らせるのに、充分な効果を発揮した。芳枝は泣き濡《ぬ》れた目をそのままに、顔を上げて、浅見を見つめた。

「それより吉富さん、泉野家のドアや窓の鍵《かぎ》はどうなっていましたか？　あなたが出掛けるとき、すべてロックして行ったのでしょうか？」

「ええ、もちろんです」

芳枝はしっかりした声で答えた。

「あのお宅の鍵は全部二重になっているし、ガラスも丈夫だし、よほどのことがなければ、絶対に泥棒には入られません」

「泉野夫人が帰宅した際、玄関から入ったのでしょうね？」

「ええ、そのはずですけど。私はキッチンのドアの鍵を持ってますけど、奥さまは持っていらっしゃらなかったと思います」

「深夜に帰宅して、窓を開けたりするものですかねえ？」

「さあ……たぶんそんなことはなさらなかったと思います。ことに、狙われているとかいう、危ない話がありましたし」

芳枝は答えてから、怪訝《けげん》そうに二人の男を見て訊いた。

「あの、ということは、窓が開いていたのでしょうか？」

「ああ、居間の窓が開いていて、犯人はそこから侵入したらしいですよ」

飯塚が答えた。

「じゃあ、奥さまが開けたのかしら？」

「あなたが閉め忘れたということはないでしょうね？」

「そんなこと絶対に……」

「しかし、人間ですから、勘違いということもあるのじゃないかな」

「そんな……それじゃあれですか？　私が奥さまを死なしたって言うんですか？　ひどいですよ、そんなの……」

芳枝はまた泣き出した。

吉富芳枝が閉め忘れたのか、それとも、たまたま泉野未亡人が窓を開けてしまったのかはともかく、犯人が窓から出入りしたことは確からしい。窓の直下は柔らかい地面が露出していて、そこに犯人のものと思われる靴跡がくっきりと印されていたのだ。

時間が経つにつれて、マスコミ関係者も野次馬も消え去った。連中の事件に対する関心は驚くほど一過性だ。

浅見は飯塚警部と吉富芳枝とともに、泉野家に入った。

芳枝の案内で、ひととおり建物内部を見せてもらったが、鑑識が指紋採取のために白い粉でよごしたほかには、荒らされたり物色された様子はどこにも見られなかった。もっとも、梅子から三郷家に電話がかかってから、パトカーが駆けつけるまでは、それほど長い時間ではなかったはずだから、物色するようなゆとりもなかったにちがいない。

また、梅子の着衣はほとんど乱れてなく、室内の様子にも争ったような形跡が見られない。犯人は居間の窓から侵入し、そこに入ってきた泉野梅子を、出会い頭《がしら》のように殴打、死に到らしめただけで、すぐに引き揚げたものと考えられる。

「要するに、犯人は泉野梅子さんを殺すためにのみやって来たというわけですな」

飯塚は結論づけた。

「怨念《おんねん》のかたまりのような男ですね」

浅見はおぞましい思いで、背筋が寒くなった。三十五年ものあいだ、黒崎賀久男の胸のうちで、怨念は増殖しつづけていたのだろうか？　怨念だけで、人間がここまで徹底して殺意を抱けるという、そのことが信じられなかった。

しかし、現実に殺意は実行に移されたのである。それも、着実に四人の証言者を狙っている。甲戸天洞を殺し、盟友であったはずの額地友延を殺し、いま泉野梅子を殺した。残るは三郷伴太郎と、山形の横堀老人。次はどちらを狙うつもりだろう？

黒崎の犯行であることは分かってはいたけれど、警察は一応、泉野梅子の関係者に対して、ひととおりの捜査は行なった。ことに、お手伝いの吉富芳枝と、それに梅子と「密接な」関係にあった東木貴夫については、かなり熱心に調べ上げている。

しかし、いずれもアリバイがはっきりしていた。東木は前述したように力岡家にいたし、芳枝も実家で、久し振りに会った友人たちと夜遅くまで一緒に過ごしている。ほかにも、梅子の交友関係にある人たちから事情聴取をしたが、すべてシロの判断が下された。

「重要参考人」黒崎賀久男は、これ以降「容疑者」に昇格して全国指名手配されることになった。

警察は泉野梅子のケースに懲りて、三郷伴太郎と横堀老人の身辺警護を強化する方針を打ち出した。

しかし、伴太郎は自分のことよりも、娘の夕鶴が気がかりであった。伴太郎自身は警察の警護が無用なくらい、周辺にたえず部下が付きまとっている。そこへゆくと、夕鶴は公演旅行などに出ると、群衆の中にあって安全なようでいて、実際は危険な状況が多い。相手は常識の通用しない殺人鬼である。ファンを装って接近してきて、いきなり襲われたら、防ぎようがない。

その点を伴太郎は浅見に訴えた。

「いっそ、黒崎が捕まるまで、夕鶴に演奏旅行を中止させようかと考えているのですが、どんなものでしょう?」

「さあ……そんなことは矢代さんが承知してくれないでしょう。すでに向こう一年間の契約は完了しているでしょうし、いや、夕鶴さんだって、納得しませんよ」

「そうはいっても、生命の危険を冒してまでピアノをやることはないでしょう」

「しかし、夕鶴さんは証言者でも何でもありませんからね、黒崎に狙われる理由はないと思いますが」

「いや、やつは狂気ですよ。何をするか分かったものじゃない。現に、梅子なんかは、殺されなければならないほど、罪は重くなかったにもかかわらず……」

伴太郎は悔しそうに唇を噛《か》んだ。

「そうですねえ」

浅見も伴太郎のその言葉には同意した。

「順序——というのも変かもしれませんが、復讐に順番があるとすれば、梅子さんはいちばん最後のクチでしょう。それなのに、なぜ殺されなければならなかったのか、これはかなり奇妙な事実ですね。それも、たまたま芳枝さんが留守の夜を狙っている」

「それについては、もし芳枝がいたとしても、殺すときは二人とも殺してしまうのでは——と、浅見さんが言っておられたそうじゃないですか」

「ええ、あのときは芳枝さんを宥《なだ》める意味でそう言いましたが、二人がいて抵抗でもされたら——と思うと、黒崎もあえて襲わなかったような気がするのです。それくらいなら、前の晩に折角山形まで行っていながら、なぜ横堀老人を襲わなかったのか、辻褄《つじつま》が合いません」

「うーん……しかし、現実に梅子は殺されたのですからな。やはり、襲われるべき隙があったということなのでしょう」

そういう伴太郎の危惧《きぐ》に対して、断固として否定できるほどの確信は、浅見にはなかった。かといって、伴太郎の言うとおりに、夕鶴の演奏日程を変更したりキャンセルしたりするようなことが、できるはずもない。

「浅見さんにこんなお願いをするのは、はなはだ失礼とは思いますが」

伴太郎は言いにくそうに言い出した。夕鶴の演奏旅行中止は、それを切り出すためのマクラであったとも思えた。

「なんとか、夕鶴の身辺にいてやっていただけませんかねえ」

「つまり、僕にボディーガードをしてくれとおっしゃるのですか？」

浅見は少し鼻白んだ。それは浅見だって、夕鶴の身に危険が及ぶのを心配しないわけでもないし、夕鶴のそばにいられる状況に魅力を感じないこともない。しかし、ボディーガードが自分に適任であるかどうかは、考えるまでもないことだ。伴太郎は浅見が「刑事局長の弟」であるという立場を重視しているのだ。いざとなれば、浅見の背後には警察がついている――という、その底意がみえみえだから、浅見はカチンときた。兄の七光《ななひかり》なんて真っ平ごめんと言いたかった。

ふだんは柔軟な物の考え方をするくせに、ことその点に関するかぎり妙にこだわるのは、この男の愛すべきコンプレックスの象徴といっていいのかもしれない。

浅見が正直に不快感を表情に出したので、伴太郎は慌てて頭を下げ直した。

「いや、無礼なことを言いました」

「浅見さんにそんなお願いができるはずもないことです。娘可愛さのあまりの、愚かな親心と思って、許してください」

話はそれっきりになったけれど、伴太郎が決して諦《あきら》めたわけではないことは、じきに分かった。その日、帰宅した浅見を、どこかで見ていたように、『旅と歴史』の藤《ふじ》田《た》編集長から電話が入った。

――ねえ浅見ちゃん、このあいだの、芭蕉と紅花の話、あれ、けっこう面白かったじゃないの。そこで――というわけじゃないけど、ひとつドキュメンタリータッチの紀行文を書いてもらいたくてね。雑誌に何回か連載して、よければ単行本に仕立てたいんだが、どうだい、やってみる気ある？　もっとも、忙しいんじゃだめだけどさ。

「いや、忙しくはないですよ。やりますよ、そういうの好きだし、原稿料もいいのでしょう？」

――ふーん、ひまなのは分かっていたけど、原稿料がいいなんて、よく分かったね。

「ははは、直感です。藤田さんの口調で分かりますよ。で、何を、書けっていうんです？」

――新人ピアニストのデビューを、あますところなく描いてもらいたいんだ。

浅見は絶句した。それを藤田は感動と受け取ったらしい。

「何ですって！……」

――ははは、ちょっといいテーマでしょうが。これまでの浅見ちゃんにはなかった、新機軸だね。すごい美人でね、先般の国際コンクールで二位に入賞した天才だから、浅見ちゃんも新聞で読んだんじゃないかな。もっとも、音痴の浅見ちゃんには関係ない世界かもしれないけどさ。そういうわけで、彼女の日本縦断リサイタルツアーを、密着取材してさ、天才新人ピアニストが、苦しみながらプロとしての階段を登ってゆく、そのありのままの姿を描いてもらいたいわけ。いい読物になると思うな。やってくれますね。

「お断りします」

――そうでしょう、それで早速だが……え？　いま何て言ったの？

「断るって言ったんですよ」

――ははは、浅見ちゃんも冗談きついね。

「冗談じゃありませんよ、本気です。ほんとうに断るのです」

――ちょ、ちょっと待ってくれ。おれ、まさかアルツハイマーじゃないだろうな。さっき浅見ちゃん、ひまだって言ったよな？　原稿料のいいことも言ったよな？

「ええ、言いましたよ。しかし断るのです。一寸の虫にも、虫の居所が悪いことがあります。藤田さんにその結構ずくめの話を持ち込んだ依頼主に、そう伝えてください」

藤田が何かわめいている受話器を、浅見は邪険に置いた。

2

ほとんど間を置かずに、三郷伴太郎から電話が入った。「重ねがさねのご無礼、何とお詫《わ》びすればいいのか……」と言っている。

「三郷さん、あなたがいろいろ気を遣って、僕を起用したいお気持ちは、よく分かりますし、たいへんありがたく思っていますよ」

浅見は一応、伴太郎の熱意には感謝を述べておいてから、言った。

「しかし、もし夕鶴さんのことがご心配なら、ベテランのボディーガードをお頼みになったほうが、はるかに安心です。僕は腕力にはからきし自信がありませんし、暴力そのものが大嫌いなのです。それに、テキはおかしなルパシカ風のコートを着て現われるのですからね、誰にだって、ひと目で見破れます」

――そんなことをおっしゃっても、もしルパシカを着てこなかったらどうします？

「それはないでしょう。黒崎はそのルパシカを着て復讐《ふくしゅう》を遂げることに意義を見いだしているとしか思えません。彼が無実の罪に落とされた問題の事件のとき、黒崎はそのルパシカを着ていたのではありませんか？」

――えっ、そうなのですか？……。

伴太郎は驚いて、逆に訊《き》き返した。

今度は浅見が問い返した。

「えっ、じゃあ、そうじゃなかったのですか？」

――さあ、三十五年も昔のことですから、まったく記憶がないが……いや、あれは夏休み中の出来事で、もっと暑い時季でしたからねえ、そんなものを着ていたとは考えられませんが。

浅見は受話器を呑《の》み込みそうな、大きな口を開けた。

「何ですって？……」

「何ということだ……」

浅見は罵《ののし》った。電話の向こうで、伴太郎が自分のことかと思って、「申し訳ありません、まったく気がつきませんで」と謝った。

「あ、いえ、そうじゃないのです、僕のばかさかげんが頭にきているのです。東北地方だから寒い──という意識が、どこかで働いていたにちがいありません。それにしても、頭っから、黒崎はルパシカを着ることによって、復讐を誇示しているものだと決めつけて、少しも疑おうとしなかったのだから、僕は天下の大ばかやろうです。黒崎がなぜルパシカを脱ごうとしなかったのか、それに気付いてさえいれば……」

──あの、なぜなのですか、それは？

伴太郎がおそるおそる訊いた。

「それは……いや、それはいまは申し上げるわけにいきません。いずれにしても黒崎を見つけ出せば解決するのですが、しかし、難しいかもしれません……」

浅見は伴太郎が電話の向こうにいることを忘れたように、無意識のうちに受話器を置きそうになって、慌てて言った。

「あ、三郷さん、夕鶴さんのことは心配しなくても大丈夫ですよ」

「ええ、本当です。えーと、確か甲戸天洞さんの法事が明後日でしたね。事件も、あと三、四日……いや五、六日中には解決するはずですから、ご安心ください。そうそう、ご家族の皆さんにも、ぜひそうおっしゃって、安心させて上げてください」

浅見は少し大胆すぎる予測かな——と思いながら、電話を切った。

——本当ですか？

甲戸天洞の三十五日の法要は横浜鶴見《つるみ》の寺で行なわれた。施主はむろん麻矢である。わずかのうちに、麻矢は叡天洞の当主であるという風格のようなものが、それなりに備わってきていた。社員の永岡も東木も、麻矢をよく扶《たす》けて、店を守り立てているらしい。

法要のあと、近くの料亭の二階に席を移して会食した。

力岡夫人の透子が、ずっと訊きたくて、しびれを切らせていたように、浅見に言った。

「父から聞いたのですけど、浅見さん、事件はあと三、四日で解決するっておっしゃったって、ほんとのことですの？」

「ええ、本当のことですよ。僕はそう信じています」

「あら、浅見さんが信じていらっしゃっても、そのとおりになる保証はないでしょう？　それとも、信じるには、それなりの根拠とか理由とかがありますの？」

「ええ、まるっきりなしでは、そんなことは言えません」

浅見はニコニコしながら、答えた。

「どんなことですの、それって？」

「そうですねえ……まだお話しするようなことではありませんが……一つだけ、これは皆さんどなたでも感じていらっしゃることだと思うのですが、黒崎賀久男は、泉野梅子さんを襲う前の日に、山形へ行っているのでしたね」

全員がコックリと頷《うなず》くのを待って、浅見は言葉を継いだ。

「どう考えても、黒崎は紅花記念館の横堀さんを狙いに行ったとしか思えないのですが、実際には何もしないで帰って来ています。黒崎が現われたと言って騒いだのは、横堀さん一人みたいなものでした」

今度は、誰も頷かずに、ぽかんとした顔で浅見を見つめる者が多かった。（何を言おうとしているのだろう？——）という顔ばかりである。

「黒崎はなぜ横堀さんを殺さなかったのでしょうか？　それがまず第一のキーワードですよ」

「まさか……」と、夕鶴が脅《おび》えたように呟《つぶや》いた。小さな声であったにもかかわらず、全員の目が夕鶴に向けられた。

「まさか、何なの？　夕鶴」

透子が訊いた。夫の力岡も「そうだよ、何がまさかなの？」と脇から言った。

「いいの、何でもない……」

夕鶴は目を伏せ、口を閉ざした。

「変なひとね」

透子は白けたように、妹を睨《にら》んだ。

「だけど、夕鶴が言いたかったのは、まさか横堀さんが黒崎とグルになっているとか、そういうことじゃないの？　もしかすると、黒崎は横堀さんのところに匿《かくま》われているのじゃないかしら？　ねえ、浅見さん、そうは考えられません？」

「それはあり得ません」

浅見はあっさり否定した。

「黒崎は復讐の鬼と化している人物ですよ。いくら逃げ場に窮したからといって、復讐すべき相手と手を結ぶことはあり得ません。もしそんな妥協をするようならば、最初から殺人なんかをするはずがないのです。黒崎が横堀さんと会うのは、つまり横堀さんを殺すことが目的であるときです」

「じゃあ、黒崎はやはり横堀さんを殺しに行くのですか？」

「いや、もう行かないでしょうね。警察もそう考えて、すでに警護を解きました。三郷さんも夕鶴さんも、周辺に刑事の姿が見えなくなっていることに気付きませんか？」

「うん、そういえばそうですね」

伴太郎が大きく頷いた。

「確かに浅見さんが言われたとおりだ。必ずどこかに見えていた刑事さんらしい姿が、いつのまにかいなくなった。巧妙に姿を隠しているのかと思ったが、そうですか、そういうわけだったのですか。どうだい、夕鶴のほうは？」

「ええ、そう言われてみると、確かに私のほうもそうですけど……じゃあ、もう復讐劇は終わったのですか？」

「さあ……終わったという言い方には問題がありそうですがね」

浅見は意味深長な言い方をした。

「え？　とおっしゃると、どういうことなのですか？」

「そもそも、はたしてこれは、復讐劇だったのかどうか、分からなくなった——というのが実感なのですよ」

「えっ？　そうなのですか？」

「今度の連続殺人を眺めてみると、とても奇妙なことに気がつきます。早い話、黒崎という人物は、いったい何を考えているのでしょうかねえ？　『はないちもんめ』の紙片を夕鶴さんに手渡したり、甲戸さんのところにも『ふるさともとめて』と通告したりして、いかにも恐ろしげな演出をしかけているけれど、実際はものすごく杜撰《ずさん》な、行き当たりばったりのことをやっている。少なくとも、三十五年のあいだ考え抜き、練り上げたシナリオとは、どうしても思えません」

全員があっけに取られたように、浅見の唇の動きに注目していた。

「第一の被害者・甲戸天洞さんは、黒崎を刑務所に送った最大の証言者ですから、黒崎が最初に狙ったのは理解できるとしても、その次に殺されたのが、黒崎と一緒に刑務所暮らしをしていた、つまり仲間ともいうべき男だというのが、まずおかしな話です。そして、その次の犠牲者が泉野梅子さん――この方は六人の証言者の中ではもっとも影が薄い――というか、ほとんど目立たない立場にありました。おそらく捜査段階でも、そう積極的に証言を行なったとも思えませんし、裁判記録をよほど克明に読まないかぎり、梅子さんの証言が黒崎を有罪にしたなどということも分からないほどです。その梅子さんを、怨念《おんねん》の対象にするほど、黒崎が記憶していたこと自体、不思議な気がします」

「しかし、黒崎は現実にその三人を殺したのだから……」

伴太郎が言おうとするのを浅見は手を上げて制した。

「もし黒崎が正しい……というと語弊がありますが、筋道立った復讐《ふくしゅう》を行なうのであれば、まず甲戸さんを殺害し、次に三郷さん、そして横堀さん、最後に梅子さん——の順序で狙うのが妥当でしょう。ところが、実際には、順序は目茶苦茶です。おまけに、あいだに額地氏などという、わけの分からない人物まで、巻き添えにしているのですから、支離滅裂と言わざるを得ません」

「それは浅見さん、あれじゃないですかね」

力岡が口を挟んだ。

「つまりその、殺しやすい対象から、順に狙っていった——ということだったのではありませんかね？」

「それでしたら、まず横堀老人から血祭りに上げるべきでしょう。あの人くらい、殺しやすい存在はないのです。たった一人きり、あのガランとした紅花記念館にいるのですからね。しかも、黒崎が北海道からいきなり東京に来たとも思えません。故郷の山形に戻って、世の中の移り変わりや、仇敵《きゅうてき》たちがいまどこでどうしているのかを探る必要もあったでしょう。そうでなくても、山形は通り道です。その山形にただ一人だけ残っている横堀さんの前を素通りして、さらにもう一度、山形へ行って、そのときも見逃している。これでは、黒崎に横堀さんを殺す意志がないとしか思えません」

「じゃあ、やっぱり」と透子は口を尖《とが》らせて言った。「横堀と黒崎はグルということじゃないですか」

「いえ、さっきも言ったように、この連続殺人事件が黒崎の犯行であるとしたら、それはあり得ません。三十五年間、凝縮し育て上げた怨念を実行に移すのですよ。その際に、仇敵の一人と手を組むなどということは、絶対に考えられません」

浅見は、あたかも、ガリレオが「それでも地球は動く」と言ったときのように、きっぱりと断言した。

「つまり浅見さんは、何だとおっしゃりたいのですか？」

伴太郎が少し焦《じ》れたように、首を傾げて、訊《き》いた。

「ですから、これははたして、黒崎賀久男の復讐劇だったのかどうか、疑わしくなったと思うのです。いえ、僕が——というより、警察が疑惑を抱きはじめているのですよ」

「警察が？……ふーん、しかし、復讐でないとすると、何だったのですか？」

「さあ、何だったのでしょうかねえ……」

浅見はあいまいな笑みを浮かべた。

「まさか、動機もはっきりしない、狂気による殺人だったと言われるのではないでしょうなあ」

「いや、そもそも黒崎の仕業であったとした捜査方針に問題があったのではないか……警察はそこから捜査方針の練り直しを始めるつもりのようです」

「えーっ？　ばかみたい……」

透子が、全員の気持ちを代弁するように、呆《あき》れた声を出した。

「それじゃ、これまでの捜査は無駄だったっていうこと？　そんなこと……警察は何を考えているのかしらねえ。第一、黒崎の犯行でないとしたら、いったい何だったというわけ？　甲戸さんと叔母《おば》さまと、それから額地とかいう男の人は何の繫《つな》がりもないのですよ。それとも、たまたま、三人が同じ時期に、まったく別の犯人に、まったく別の理由で殺されたとでもいうのかしら？」

「どうやら、警察はそう考えはじめたらしいですね。その証拠に、みなさんに対する身辺警護も取り止めました」

「そんなのおかしいわ、こじつけですよ。誰がどう考えたって、黒崎の犯行以外には考えられませんよ。ねえ」

透子は夫に同意を求めた。力岡も「うん」と頷《うなず》いた。

「私は正直言って、昔、どういうことがあったのか、その経緯《いきさつ》について詳しく知っているわけじゃありませんが、三人の犠牲者が、単に偶然、時を同じくして殺されただなんて、それはおかしいと思いますよ。それじゃいったい、『はないちもんめ』の紙片は何だったのか、説明がつかないじゃありませんか。いかがですか、お義父《とう》さんのお考えは？」

「そうだねえ……私もそうとしか考えられないのだが……ねえ浅見さん、私もやはり、最初の方針どおり、黒崎の連続犯行と見て捜査を進めるべきだと思いますが……」

「そうだわよ、横堀さんが殺されなかったことだって、これから狙うつもりに決まっていますよ」

透子が父親の遠慮深い言い回しを補強するように、断定的に言った。

「そうかもしれません。いや、本当にそういうことであるなら、警察はもちろん、僕も納得できるのですが……」

浅見は対照的に、自信のない口調で、不安そうに言った。

「もしそうだとすると、黒崎はあくまでも横堀さんや三郷さんを殺しにかかるでしょう。それに、もしかすると、三郷さんの奥さんのことも狙うかもしれません……」

「えっ、わたくしも？……」

ずっと話題の外にいたような輝子が、自分の名前を言われて、「はっ」となって、顔を上げた。

「ええ、この事件がもし黒崎の犯行であって、動機が怨念であるならば、奥さんから夕鶴さん……そして麻矢さんまで、彼のターゲットに入っている可能性はあります」

「それじゃ、黒崎は、あの事件に関わった者ばかりでなく、それに連なる人間をみな殺しするつもりなのですか？」

伴太郎はおぞましさと怒りを込めて言った。

「ええ、残念ながら……」

浅見は静かに言った。

「額地さんを殺し、梅子さんを殺した容赦のないヤリクチを見れば、そういう勢いのようなものを感じないわけにはいきません。しかし、黒崎といえども人の子であることには変わりありません。一人また一人と殺戮《さつりく》をしているうちに、復讐の矛先が鈍ることもあるでしょう。ただ、それにしても横堀さんを見逃すことだけはあり得ないと思いますが」

「え？　それはまた、どうして？」

「黒崎と横堀さんとは、かつて、三郷家の使用人だったという意味で、同等の立場にあったといっていいでしょう。したがって、黒崎にしてみれば、横堀さんに対して、陥れられた――という思いがもっとも強いはずです。もしこの事件が、黒崎の復讐劇であるならば、横堀さんを狙わないままで完結することはない――というのが警察の見方なのです。逆にいえば、その横堀さんへの脅威が消えてしまったために、警察は黒崎犯行説を見直す気になったというわけなのです」

「なるほど……」

伴太郎はようやく得心して、頷いた。

「たしかに浅見さんの言われるとおりかもしれませんね。失礼ながら浅見さんも含めて、われわれは黒崎の影に脅《おび》えすぎた。肝心の犯人が黒崎の後ろに隠れて、見えなかったといってもいいかもしれない。輝子、きみも安心してよさそうだよ」

伴太郎が笑顔で言ったにもかかわらず、輝子は浮かない顔であった。

「でもあなた、黒崎が犯人でないとすると、いったい犯人は誰で、何が目的だったのかしら？」

「うーん……それはまた新しい謎だが、どうなのでしょうね浅見さん、警察はその点について、何か手掛かりを持っているのでしょうか？」

「ええ、それは警察のやることですから、ある程度の目安はついていると思います。それぞれの事件を単独に調べれば、存外、簡単に片づくのかもしれませんよ」

「ふーん、そういうものですか……いずれにしても、事件がわれわれの過去の、いまわしい記憶と無関係であると分かって、ほっとするような気分だが……しかし、甲戸や梅子が殺されたというのも、また現実のことであるわけですよねえ。いったい、あれは何なのでしょうか……」

伴太郎が見回す視線を、この席にいる全員の目が不安げに見返した。あらためて、違った形での恐怖が、それぞれの胸に浮かんできたらしい。

3

月山に初冠雪のあった日は、朝のうちは寒かったが、昼過ぎからは気温も上がってきて、その夜はむしろ、半月ばかり気候があと戻りしたような暖かさになった。

横堀昌也はいつもどおりの時間に紅花記念館を出て、そこから百メートルばかり離れたところにある自宅に帰った。

気楽な独り住まいである。何時に帰ろうと、何時に風呂《ふろ》に入り、飯を食い、寝床に入ろうと、勝手気儘《きまま》なのだが、いつも決まったように十時には寝ることにしている。目覚めは五時である。五時に起きて、とりあえず湯を沸かし、お茶を飲む。夏ならば外に出て、庭の草木を点検するのだが、秋も深まると朝の五時はまだ暗い。毎年、この時期から春が訪れるまでの、およそ五ヵ月間、横堀は一日の過ごし方に苦労することになる。

ニュース番組を見終えると、横堀はテレビのスイッチを切り、部屋の明かりも消した。あとは枕元のスタンドの、小さな常夜灯の明かりだけが、部屋を照らしている。寝床に入りながら、横堀は「ばかな話だ」と独り言を呟《つぶや》いた。

このごろ、気がつくと、意味もなく独り言を言っていることがあって、いよいよおれも惚《ぼ》けたか——と思うのだが、いまの呟きはそうではない、テレビニュースに対する憤懣《ふんまん》が、つい口に出た。

スパイ容疑だか何だかで北朝鮮（朝鮮民主主義人民共和国）に捕まっていた船員が二人、七年ぶりに日本に帰還したというので、大騒ぎなのである。

与党と野党の偉いのが何人も北朝鮮へ行って、詫《わ》びを入れて、ようやく身柄を引き渡してもらえることになったのだそうだ。

本当にスパイ行為があったのかなかったのか、日本側は無実だと言っている。なのに、二人を「救出」するために、国の代表は北朝鮮に大きな譲歩をした。過去の「償い」だとかに、巨額の支払いを約束したらしい。それはいいとして、ところが、今度は韓国から不満の声が上がって、そっちのほうにも詫びを入れなければならなくなった。あちら立てればこちらが——という具合で、いい歳をした政界の長老どもが、右往左往している。

「ばかな話だ……」

横堀は暗い天井を見上げながら、本気で怒っていた。

横堀の三人の弟は、太平洋戦争で死んだ。長男の横堀だけが徴兵を免れた。次男以降は兵隊に取られるのが、当たり前の世の中であった。

三人の弟は国を「救う」ために死んだのである。それがどうだ、今度は国が二人の船員を「救う」ために、大変な代償を支払うことになるらしい。おまけに「無実」だというのだから、なんとも理不尽で、ばかげた話である。そのことに横堀は腹が立った。

しかし、腹立ちまぎれに寝返りをうった拍子に、横堀は、ふと思いついた。

無実の罪で、それも七年どころではない、三十五年という、気の遠くなるような時間、自由も青春も奪われた男のことを、だ。

「無実か……」

横堀の胸から怒りが消えて、悲しげな呟きになった。

黒崎の「復讐《ふくしゅう》」は止むを得ないことなのかもしれない——と思う。自分が彼の立場だとしても、そうするだろう。

思えば、偽証を行なった者たちにとって、最大の不幸は、黒崎が死刑にならなかったことである。黒崎自身は、もちろん最後まで無実を訴えていたが、国選の、やる気のまったくない弁護士は、黒崎に殺意がなかったことで、情状酌量をかちとる戦法に出た。

結果は狙いどおり、無期懲役の判決になった。それは黒崎の生命とともに、はげしい怨念《おんねん》が生きつづけることを約束した。

いや、黒崎ばかりではない。横堀もまた、折りにふれて、ふっと黒崎のことを思い浮かべるたびに、罪の意識に脅えることになったのである。

(殺されても仕方がない——)

横堀はしばしば、そう思った。そのくせ、黒崎がやって来る予感がするたびに、全身に鳥肌が立つのだ。黒崎が死刑になっていれば、そんなことはなかったにちがいない。それはもちろん、罪の意識に寝覚めの悪い思いもするだろうけれど、なに、何年かするうちにはそれも忘れるだろう。まことしやかなことを言って若い連中を煽《おだ》て上げ、何百万人もの兵隊を死地に送ったやつに較べれば、はるかに罪が軽い。その連中ですら、戦後そう遠くない時期に、いけしゃあしゃあと政界に乗り出しているのだ。

しかし、生きているやつは恐ろしい。生きて、しっかり怨念を抱いている人間は恐ろしい。

「ガタッ」とどこかで音がした。ドアを叩《たた》くような音であった。

(風が出てきたかな?——)

いつもなら、横になったとたん、眠ってしまう横堀が、妙に目が冴《さ》えていた。あのテレビニュースのせいかもしれない。怨恨《えんこん》だとか償いだとか復讐だとか、あまり気分のよくないことが、頭の中をかけめぐった。

また音がした。ガラスを叩く音である。

「しようがねえな……」

横堀はボヤキを言って、ようやく温《ぬく》もった寝床を抜け出して、居間へ行った。

手探りで壁のスイッチを入れた。円形の蛍光灯の、二本あるうちの一本が点《つ》いたり消えたりする。取り替えなければいけねえな——と思いながら、何気なく窓の外を見た。

「ヒエッ……」と息を飲んだ。心臓が停まるかと思った。

ガラス窓の向こうの闇に「あいつ」の姿があった。イチイの疎《まば》らな茂みの中に佇《たたず》んで、じっとこっちを窺《うかが》っていた。ルパシカ風のコートを着て、登山帽を目深《まぶか》にかぶり、おまけにサングラスまでかけている。

(本当に来やがった——)

あの浅見が電話をかけてきて言ったことは、事実だったのだ。

——必ず来ますよ。それも、たぶん三、四日中には。

横堀は震える手で電話を引き寄せた。

——はい、こちら一一〇番。

「き、来ました、やつです、ルパシカの、黒崎です、黒崎が来ました……」

——もしもし、何があったのですか？　落ち着いて、はっきり言ってください。

「だから、黒崎が復讐に……おれを殺しに来たって……分からねえだか……」

横堀は苛立《いらだ》ち、受話器に嚙《か》みつきそうに怒鳴った。だが、ふと上げた視線の先から、黒崎の姿は消えていた。窓の外は暗黒で、イチイの茂みがぼんやり見えるだけである。

「あ、いねくなった……いや、窓のところにたしかにおっただす、嘘でねえすよ」

背後でカチッと、かすかな金属性の音がした。振り向くと、ドアがゆっくりと開こうとしていた。

「来た……」

悲鳴を発したつもりだが、掠《かす》れ声にしかならなかった。

ドアが開き、ルパシカ風のコートの男が目前にいた。右手に刃物を持って身構えた姿は、とても六十歳近い男とは思えない、精悍《せいかん》なポーズであった。

「やめろ!　黒崎、そんなことをしても、無駄でねえか」

まだ充分な距離がある。あいだにはテーブルも挟んでいる。しかし、相手の敏捷《びんしょう》さに対応する自信は、横堀にはなかった。

黒崎がテーブルに手をかけた。一一〇番の電話は、受話器がはずれたままになっている。あと十分もすれば警察が駆けつけるだろう。それまでに「すませて」しまわなければならない。

黒崎は、テーブルを撥《は》ね除け、一気に前進してきた。

「やめろ!」

はげしい怒声と同時に押し入れの襖《ふすま》が蹴破《けやぶ》られた。たじろぐ黒崎に二人の男が飛びかかった。勢い余って三人の肉体が反対側の壁に激突した。古い家だ。壁は揺らぎ、ボロボロと壁土が剝《は》がれ落ちた。

横堀は腰を抜かしながら、襖と壁の修繕費を計算していた。

格闘はなかった。あっけないほど従順に、ルパシカの男は、手錠を嵌《は》められる自分の手を眺めていた。

帽子とサングラスが部屋の隅に吹っ飛んでいるのを、刑事の一人が拾いに行った。

別の男が二人、奥の部屋から現われた。

「東木貴夫、殺人未遂の現行犯で逮捕する」

半田警部が少し上擦った声で宣告した。こういう役回りは、飯塚警部よりも半田のほうがよく似合う。

東木はしかし、半田の顔など見ていなかった。半田の後ろにひっそりと佇む男を見て、呻《うめ》くように言った。

「浅見……か」

やっぱり——という、絶望的なニュアンスがあった。

「こんばんは」

浅見は少し間の抜けた挨拶《あいさつ》をした。事件が終わるときは、いつだって、こんなふうに、気だるい虚無感が漂う。

「東京では、力岡さんに対する事情聴取が始まっているはずです」

なるべく東木のほうを見ないようにして、浅見は言った。それと対照的に、東木は浅見を睨《にら》みつけている。

横堀がようやく起き上がって、脚が一本折れそうになっているテーブルを起こし、無残な状態になってしまった襖を、ボロボロの壁に立て掛けた。

「まったく、ひどいもんだ……間に合わねえんでねえかと思って、寿命が縮んだすよ」

「すみませんでした」

浅見は気の毒そうに言ったが、顔は笑っていた。

「横堀さんが一一〇番をかけてくれないと、東木さんが行動に移らないし、その上、現行犯逮捕にしなければならなかったものですから、それを見極めるタイミングが難しかったのです」

「だけど、あんたは大したもんだねす。わしは最後まで、この男が黒崎かと思っていたもの。ほんだば、ずっと前から、黒崎の恰好《かっこう》をしてうろついておったのは、この男だったのかす？」

「ええ、そうですよ。彼か、それとも力岡勝さんか、どちらかです」

「だけんど、この服装は、あのころの黒崎とそっくりだもんねえ。騙《だま》されるのも無理がねえすなあ」

「それはそうです、帽子もルパシカ風コートも、それに靴も、すべて黒崎の物ですからね」

「ほんだったのかす……ん？　黒崎の物って……したば、黒崎はどこにおるだかね？」

「黒崎さんは、死にましたよ」

浅見は悲しそうに言った。

「死んだ？……まさか、この男が……」

「その、まさか、です。死体のありかは彼が教えてくれるはずです」

「なんということを……」

横堀は恐怖と侮蔑《ぶべつ》と哀れみをない交ぜた目で、東木を睨んだ。

「ふん」と東木は横堀を見返した。力を失って、点のようになっていた二つの目が、その瞬間、ギロリと光った。

「黒崎は、三十五年前にあんたらが殺したも同然じゃないのかね」

横堀は何か反論しかけて、黙った。

「甲戸さんは女を殺して、黒崎を犯人に仕立てた。それに較べれば、おれなんか、ちゃんとした理由があって殺したのだからな、よっぽど可愛げがあるじゃないか」

「勝手なことを言うんじゃねえよ」

半田警部が邪険に手錠を引っ張った。東木は思わず「いてっ」と悲鳴を上げた。

「おまえに甲戸さんを殺す、どういう正当な理由があるって言うんだ？」

「ははは、おれは甲戸さんを殺してなんかいねえすよ」

「なにっ？　嘘をつくな！」

「嘘かどうか、確かめてみればいいじゃねえか、もっとも、そっちの名探偵さんはちゃんと知っているのかもしれねえけどさ」

「知っていますよ」

浅見は頷《うなず》いた。

「甲戸さんが殺されたとき、東木さんには立派なアリバイがあります。いや、僕はどんなアリバイがあるのか知りませんが、東木さんが威張るくらいですから、たぶん、間違いなく立派なものであるはずです」

「じゃあ、甲戸さんを殺したのは、いったい誰なのです？」

半田は浅見にまで食ってかかるように、訊《き》いた。

「むろん、甲戸さんは力岡さんが殺したのですよ。力岡さんには、甲戸さんを殺害する動機も必然性もないように見えますから、捜査の対象にはなりっこないのです。かりに疑惑が向けられても、そのときはおそらく、東木さんが力岡さんのアリバイを保証することになっていたのでしょう。そして、その代わり、東木さんが泉野梅子さんを殺したときには、力岡さんが東木さんのアリバイを証明してくれたというわけです」

「なるほど……つまり、交換殺人か」

「いわゆる交換殺人とは少し違いますよ。東木さんも力岡さんも、殺されたお二人に、それぞれダブって殺人の動機があったのですから。東木さんに泉野梅子さんを殺す動機があっただろうし、力岡さん自身にも、甲戸さんを殺害する重大な動機があったはずです。それが何なのか――それほど難しく考えることはありません。力岡さんは甲戸さんから借りた借金の返済に汲々《きゅうきゅう》としていたのですよ、きっと。しかし、甲戸さんは、力岡さんの名誉を考えて、二人だけの秘密にしておいた。だから、一見すると、力岡さんには何の動機もないように見えていたのです。甲戸さんの優しい思いやりが、かえってアダになったというわけですね」

「じゃあ、その借金を返せないという理由だけで、力岡は甲戸さんを殺したのですか?」

半田は不愉快そのもののように、顔をしかめた。

「早くいえばそうなります。もっとも、殺意に繋《つな》がるには、それなりの理由があるのでしょうけどね」

「その理由とは何です？」

「うーん……そこまでは。憶測の域を出ませんが、甲戸さんが急に態度を硬化させた背景には、たぶん、借金を返済しないこと以上に不愉快なことがあったのではないでしょうか？」

「それは何です？」

「たとえば、いったい何のための借金か……甲戸さんもその使い道を知って、不愉快に思ったにちがいありません。で、甲戸さんが、最後通牒《さいごつうちょう》をつきつけた……これが真相でしょう。ちがいますか？」

浅見は東木に訊いたが、反応はなかった。

「動機はごく平凡なものですし、トリックも交換殺人といえない程度の代物《しろもの》でありながら、ほとんど完全犯罪が成立しかけたのは、黒崎賀久男さんの存在があったからです。額地さんから、黒崎さんの冤罪《えんざい》の話を聞き、怨念《おんねん》をぶつける対象の人々の名前を聞いた瞬間、東木さんの頭には悪魔のような発想が浮かんだのでしょうね」

「はは……悪魔のような、か……」

東木はあざ笑った。

「笑うんじゃねえ！」

半田はまた手錠を引っ張った。東木は悲鳴を上げた。

「ちきしょう！……あんた、裁判のとき、拷問を受けたことを訴えてやるからな」

「ほほう、面白いことを言うじゃねえか。おまえに殺された人のほうが、よっぽど、訴えたいことがあるだろうよ」

「ふん、残念ながら、日本の裁判は、殺されたやつより、生きている犯人のほうを、大切に扱ってくれるみたいだからな」

「うるせえ！　黙れ、ゴミ野郎！……」

東木の言ったことは、硬派の警察官である半田の、日頃の不満そのものであった。半田は怒り狂って、三度四度と、つづけざまに手錠を引っ張った。そのつど東木は悲鳴を上げ、四度目には床に崩れ落ちた。

「おい、浅見さんよ、頼むから、このおっさんの乱暴を止めさせてくれねえか」

東木は床の上から浅見を見上げて、情けない声で言った。

「あんたの兄さんは、警察庁のおエラがたなんだろ。末端のデカが、こんなことをしていていいと思うのかよ？」

「半田警部」と浅見は冷やかな口調で言った。

「彼がああ言っています。立ち上がらせてやってくれませんか」

「え？……ああ、いいですよ」

半田はニヤリと笑って、思いきり手錠を引き上げた。東木は「ギャオーッ」と、悪魔のような声で吠《ほ》えた。

4

黒崎賀久男の遺体はついに発見できなかった。東木と力岡の自供によると、黒崎は両手両足に玩具《おもちゃ》の手錠を嵌《は》められ、鉄の重しをつけられて相模《さがみ》湾に沈められたそうだ。水深およそ百メートルの海底で、永遠の眠りについたというわけだ。

その自供を聞いたとき、半田警部は東木の鼻先に顔をつきつけて言った。

「ふん、おまえの腕の手錠の痕《あと》を見せれば、検事さんも判事さんも、さぞかしお喜びになるだろうな」

東木は黙っていた。もはやこの男にも、悪態をつくほどの元気は残っていない様子だ。

力岡のほうは、東木よりもずっとだらしがない。元男爵家の末裔《まつえい》である力岡は、自信家のようでいて、その実、虚勢ばかりの男だった。最初のうちこそ、頑強に容疑事実を否認するかのように見えたが、いったんボロを出すと、あとは壊れた蛇口のようにダラダラと自供を始めた。

そもそもの事件の発端は、東木貴夫のところに額地が訪ねて来たことである。

かつて、東木と額地はささやかな故買事件で付き合いがあった。事件そのものは表《おもて》沙汰《ざた》にはならずにすんだとはいえ、額地は東木の旧悪を知っている、唯一の存在である。いまの東木にとっては、文字どおりの招かざる客どころか、とんでもない脅威であった。

東木は店の古美術品を数点、甲戸に内緒で好事家《こうずか》に売り飛ばしていた。一度、甲戸が品物を見たいと言ったときは、客から借り出して、その場を収めたが、甲戸は東木の横領をうすうす勘づいている気配があった。そんなところに、旧悪を知っている「友人」が現われるのは、あまり嬉《うれ》しいことではない。

ところが、額地は東木に刑務所で仕入れた興味深い話をした。三十五年ものあいだ、無実の罪で刑務所に入っていた男の話だ。その気の毒な男を陥れたやつは、山形の紅花大尽の末裔だという。

(山形の紅花大尽?　どこかで聞いたことがあるな――)と東木は思った。

それから大いに笑った。何も知らない額地までが笑ってくれた。額地の人の好《よ》い笑顔を見ながら、東木の頭の中には悪魔の企てが浮かんでいた。

力岡を仲間に引き込むのは造作もないことであった。力岡が甲戸から借りた金を返せないで四苦八苦しているのを、東木は電話を盗み聞きして知っていた。

三郷の娘婿とはいえ、貸借関係に関して、甲戸はビジネスライクに対処する。わずか一千万足らずの金だが、力岡には返済能力のないことを見極めた。電話の内容は、一ヵ月の猶予を与えて、その間に目処《めど》がつかなければ、その件を三郷に相談する——と最後通牒をつきつけたところだった。しかも、その電話の中で、甲戸は力岡が愛人をつくって、貢いでいることを責めた。

その電話を聞いたとき、東木はひそかに笑ってしまった。どっちもどっちだ——と思った。力岡透子もまた、霜原宏志と不倫関係にある。だが、三郷家の長女が受け継ぐ巨額の財産がある以上、力岡はどんな仕打ちをされようと、決して妻と別れはしないだろう。

しかし、力岡の不倫は、借金をして愛人に貢いだという、離婚訴訟の事由になりうる状況があった。つまり、透子はいつでも、晴れて力岡家から追ん出る権利を有しているようなものだ。

というわけで、力岡は一も二もなく東木の誘いに応じた。

「なに、犯行はおれたちがやるんじゃない。黒崎という、おめでたい男が、何もかも引き受けて、そのままあの世へ行ってくれるんだからな。おれたちは、ヤツの後ろに隠れていればいい」

東木のプランニングには説得力があった。何もかもうまくいきそうに思えた。いや、実際にうまくいったのである。

黒崎は東木と額地にそそのかされて、甲戸のところにだけは、現実に訪れている。

甲戸に会って、三十五年間の苦しみを話したそうだ。それは黒崎自身にとっては、単なる愚痴ばなしだったのだが、東木の狙いはむろん、「ルパシカの男」が行動を開始したことを、「証言者」たちに知らせるためのものであった。

甲戸は老いた黒崎を見て、愕然《がくぜん》としたそうだ。三十五年の歳月は青春まっさかりの黒崎を、白髪頭の皺《しわ》だらけの初老の男に変えていた。

「刑務所の中で歌った唄《うた》は、何だと思いますか？　あれですよ、ほら、『ふるさとともとめて　はないちもんめ』という、あの唄ですよ」

黒崎はグジグジと呟《つぶや》くように言い、甲戸は、無意識に、その日のメモに「ふるさともとめて」と書き記した。

最初の犠牲者はその黒崎であった。

黒崎は、東木がいくら説得しても、三郷家への接近を拒み通した。最後には東木の意図を怪しんで、三郷家に注進におよびかねない気配が感じられた。そうして、東木は躊躇《ちゅうちょ》なく、黒崎を消した。

黒崎の死も知らず、額地は東木の指示どおり、三郷夕鶴に「はないちもんめ」のメモを手渡した。三郷に直接届けると、三郷がメモを握りつぶして、誰も黒崎の脅威に気付かない可能性があったからだ。

こうして東木と力岡の犯罪に加担した額地も、やがて消される運命にあった。額地は黒崎がいなくなったことを怪しみだして、危険な状態であった。そして、東木のBMWのトランクに、黒崎のルパシカ風のコートがあるのを見た瞬間、彼もまたあっけなく殺されたのである。

黒崎の出現以来、過去の幻影に悩まされつづけた甲戸天洞は、あの朝、力岡の手で殺され、良心の呵責《かしやく》や黒崎の怨念から、永久に解放されることになった。

力岡は借金を返済したいので、早朝、ひそかに叡天洞で落ち合いたい——と申し入れた。その日の朝、付近の会社はまだ誰も出社していない時刻に、叡天洞の社長室で二人は会った。

力岡は一千万円の札束を出し、甲戸は借用証をテーブルの上に出した。

甲戸は上機嫌であった。金が返ったことよりも、力岡が立ち直ったことを喜んで、手ずからコーヒーを淹《い》れてくれた。

力岡は、利息を払う代わりに、甲戸のカップに毒を注いだ。黒崎が額地にくれたという、トリカブトの毒は、確実に効力を発揮した。甲戸は自分の身に何が起こったのか分からない——という困惑した目で力岡を見つめながら、痙攣《けいれん》して、死んだ。

そのあと、叡天洞を出るとき、力岡はルパシカ風コートを着て、サングラスをかけていた。

「ルパシカの男」は山形の横堀の身辺をも徘徊《はいかい》した。証言者たちが黒崎に狙われている状況は、しだいに印象づけられていった。

最後にルパシカの男が現われたのは、泉野梅子の家である。梅子はガラス窓の向こうにルパシカの男を見て、すぐに三郷家に電話を入れた。

ところが、その直後、玄関のチャイムを鳴らして、東木が訪れた。

ほっと安心して東木を引き入れた梅子は、さっき見たルパシカの男が、東木自身だったことを知らなかった。

梅子に対する殺意は、力岡と東木双方にあった。梅子は可愛い姪《めい》に力岡となるべく早く別れるよう、説得していた。東木は東木で梅子の貴金属をひそかに「借用」していて、毎日ビクビクものだったし、このまま梅子に捨てられたりしたら、とたんに窃盗罪で告訴されかねない危惧《きぐ》に怯《おび》えていた。

そして、第四の殺人も、何の抵抗もなく実行に移された。東木は犯行後、玄関のドアに施錠し、窓から逃走した。その際、窓の下の地面に、侵入する足跡と、脱出する足跡をつけて行くのを忘れなかった。その靴跡は、もちろん黒崎のものである。

エピローグ

事件の解決は、三郷家に何の喜びももたらさなかった。何しろ、被害者の泉野梅子は伴太郎の実妹であり、甲戸天洞は無二の親友である。そして、加害者の一人・力岡勝は娘婿ときている。マスコミばかりでなく、天下の耳目はこの奇怪な事件に集中した。

ただ、浅見の奔走によって、過去のスキャンダルまでは暴露されずにすんだのが、唯一の救いであった。事件の原因は、金銭上のトラブル。梅子と東木の場合は、それに愛情問題のもつれが加わったもの——という結論が一般に報道された。黒崎と額地の死は、一種の仲間割れということで処理された。

とはいえ、三郷家の人々はうちひしがれ、広い屋敷はまるで呪われた城のように静まり返っていた。

浅見と飯塚、半田両警部が訪れたときも、三郷家は陰鬱《いんうつ》な雰囲気に包まれていた。夕鶴もすべての演奏会をキャンセルして、じっと家の奥に逼塞《ひっそく》しているという。

「いけませんね」

浅見は心の底から気掛かりそうに言った。

「叡天洞の甲戸麻矢さんも、心配していました。彼女だって、お父さんが殺されるという、ものすごく大きなショックを受けたのに、立派にやっています。若いのだから、これしきのことで負けていちゃいけませんよ。第一、夕鶴さんは三郷家のお嬢さんであることよりも、いまはむしろ、ピアニストという公的な立場を貫く義務を負っているのです。彼女がかち取ったコンクールの栄誉の陰には、何十万人の挫折《ざせつ》があります。賞を受けた人は、もはや気儘《きまま》は許されない、そのことを認識していただきたいのですよ」

まだ若い部類に入る浅見光彦が、そろそろ初老かという三郷伴太郎に向けて、こんこんと説教めいた口をきくのを、しかし誰も笑いはしない。

「ありがとう、浅見さん」

伴太郎はふかぶかと礼をして、娘の説得に向かった。

「あなたは不思議なひとですねえ」

飯塚警部がしみじみと言った。

「浅見さんが言ったりしたりすると、物事がスーッと動きだす。私は、あなたが三郷家に来たのは、慰めを言うためかと思ったのだが、逆に叱咤《しった》するようなことを言っている。それでちゃんと、うまくゆくのだから、ほんとに驚きですよ。うまいものだ」

「そんな……うまくなんかありませんよ」

浅見はむきになって、幼児のように口を尖《とが》らせた。

「僕はただ、思ったとおりを言っただけです。僕みたいな落ちこぼれは、雑草のごとく生きてゆくしかないけれど、エリートはエリートとしての責務があるはずです。つらいから、苦しいからといって、勝手にリタイアするのは、エリートに金をかけ、期待をかけている無数の人々に対して失礼ですよ」

浅見は言いながら、チラッと兄のことを思っていた。浅見家が誇るエリートの陽一《よういち》郎《ろう》には、愚弟の窺《うかが》い知ることのできない苦悩があるにちがいない。

「なるほどねえ、浅見さんの言われるとおりですねえ」

飯塚は感心したように言い、半田も大きく頷《うなず》いている。

「ははは、なんて、偉そうなことを言って、じつは単に、夕鶴さんのピアノを、もしかすると、ただで楽屋で聴けるかもしれない――というのが僕の本音ですけどね」

きまじめな顔を、五分とはつづけていられない男だ。浅見は照れて、顔を赤くしながら笑った。

「ところで浅見さん、黒崎賀久男が連中の隠れ蓑《みの》で、じつはすでに殺されているという、そのことに気付いたのはいつごろだったのですか？」

飯塚は逆に、怖いような真顔を作って、訊《き》いた。

「それは、黒崎のルパシカ風コート姿というのが、三十五年前に彼がぶち込まれたときの恰好《かっこう》ではないと知った時点ですよ。それまで僕は、ルパシカ風コートは黒崎のトレードマークで、その恰好をすることで、当時の怨念《おんねん》を表現しているものとばかり思っていたのです。ところがそうではない、要するに、黒崎は、いつも同じルパシカ風コート姿を見せることによって、自分の犯行であることを誇示しているにすぎないと知った瞬間、すぐに事件の真相が見渡せました」

「見渡せた、ですか……」

飯塚は浅見のその表現が気に入ったらしく、いい絵を見たときのように、満足そうに頷いた。

「東木さんの企《たくら》みは、かなりうまく考えられたものですが、やはり、本質的にはあの人もアマチュアだったと思いますよ。何がなんでも、ルパシカ風コートを駆使して、黒崎の存在をアピールしようとした。その単純さを、最後には逆に利用されることになってしまったのです。警察が黒崎の犯行ではないかもしれないと、疑いだした——などと僕が言ったことに引っ掛かって、横堀さんを襲ったりしなければ、この事件、解決までには、まだかなりの時間を必要としたでしょうけれどね」

「ははは、浅見さん、まるで、事件が解決したことを、東木たちのために惜しむような口振りですねえ」

飯塚は笑ったが、浅見はドキリとした。気持ちのどこかに、飯塚の指摘したとおりの、遊びごころのようなものがありそうだった。

ドアが開いて、三郷夫妻に伴われて夕鶴が入ってきた。夕鶴の色白の顔がさらに白く、化粧をしていない唇は、淡い紫色に褪《あ》せて見えた。

対照的に、輝子の唇は美しく紅色に染まっている。「紅藍《くれない》の君」の頰には、優雅な微笑みさえも浮かんでいるように見えた。

旅情ミステリーの鉄則――愛蔵版のための自作解説――

旅情ミステリーを書き、(営業的に) 成功したい場合、どういう土地を選ぶかには「鉄則」ともいえる戦略があります。

第一に有名な土地であること。いうまでもなく、大勢の読者の興味を喚起するためです。自分の知っている「あの土地」がどんなストーリーになっているのか――興味を惹《ひ》かれない人はいないでしょう。

第二に雰囲気がいいこと。いくら有名でも、あまりに索漠、あるいは殺伐としたところでは興味どころか拒否反応を起こしてしまいかねません。とくに「地名」を冠したタイトルをつける場合には具合が悪い。

第三になるべく人口が多いこと。もちろんこれは、その土地の人に買ってもらうためです。見込み客(潜在的購買層)は多いに越したことはありません。

以上の点に立脚した戦略が用いられたことは、僕の初期の作品の系譜を見れば、一目瞭然《いちもくりょうぜん》。『遠野殺人事件』『倉敷殺人事件』『津和野殺人事件』『長崎殺人事件』『軽井沢殺人事件』『金沢殺人事件』『横浜殺人事件』『神戸殺人事件』エトセトラ。無名作家が世の中にアピールしようと知恵をしぼった、涙ぐましい努力の産物です。

ただし、「鉄則」に合致した土地を選びさえすればいいというわけではありません。三つの条件は基本にすぎません。単にウケを狙って、なんでもいいからその土地の名を使うのでは、そこに住む人々に失礼です。地理的条件や歴史的背景など、その土地であることの必然性や、その土地の雰囲気、住む人たちの特性などが生かされた作品でなければなりません。その上で物語そのものが面白く、ああこいつはただのご当地物ではないな——と納得してもらう必要があります。

とくにミステリーの場合は、以上のことにプラスして、ミステリーとして十分に上質であることも求められます。

それはともかく、三大鉄則が必須《ひっす》条件のはずでありながら、ときとしてそれにそぐわない作品も書かれています。本書『「紅藍《くれない》の女《ひと》」殺人事件』などはその典型といっていいかもしれません。

山形県西村山郡河北町——といっても、すぐに分かる人は百人に一人いるかどうか。しかし、ここがかつて紅花の集散地として栄えたところと知れば、十人に一人ぐらいは「へえー、そうなの」と思うかもしれません。もっとも、そのうちの何人かはニューヨークのステーキハウスを連想する可能性がありますが……。

紅花はキク科の多年草で、花冠を採集して紅染《べにぞめ》の原料になります。平安期から明治初期まで、わが国の紅色はほとんどがこの紅花によって作り出されていました。藍《あい》と並んで日本の染色文化の双璧《そうへき》といっていいでしょう。明治期に化学染料が入ってきてからは急速に需要が減り、限りなくゼロに近くなりましたが、いまでも紅花は栽培され、あるいは輸入されています。染色ばかりでなく、高級食用油に「紅花油」というのがあります。

紅花の別称を「呉藍《くれない》」といいます。本書では「くれない」に「紅藍」を当てていますが、ほんとうは呉藍が正しい。この紅花――「くれない」をモチーフにしようと思いついたことから、河北町が物語の舞台になりました。

『「紅藍の女」殺人事件』は一九九〇年にトクマ・ノベルズとして刊行された作品で、『「首の女」殺人事件』(一九八六年)、『「紫の女」殺人事件』(一九九一年)とならぶ「女」三部作の真ん中に位置します。この三作品はタイトルが示すとおり、いずれも女性を描く部分が多く、いわゆる「社会派」のような堅苦しさはありません。

もっとも、これにかぎらず、徳間書店から刊行された作品は、どちらかというと女性を中心に、人間の愛憎にスポットを当てたものになっています。『「萩原朔太郎」の亡霊』『夏泊《なつどまり》殺人岬』『「信濃の国」殺人事件』『美濃路殺人事件』『北国街道殺人事件』『鞆《とも》の浦《うら》殺人事件』『城崎殺人事件』『隅田川殺人事件』『御堂筋《みどうすじ》殺人事件』『「須磨明石」殺人事件』『歌わない笛』など、そのほとんど全部に共通するといっていいでしょう。

出版社によって作品の傾向が異なるのは、ある程度、意識的にそうしているケースが多いことは事実です。たとえば角川書店の場合には、『後鳥羽伝説殺人事件』『平家伝説殺人事件』『戸隠伝説殺人事件』『明日香の皇子』『赤い雲伝説殺人事件』『佐渡伝説殺人事件』『佐用姫伝説殺人事件』『高千穂伝説殺人事件』『天河伝説殺人事件』『隠岐伝説殺人事件』『日蓮伝説殺人事件』等々、圧倒的に「伝説」シリーズが多いし、光文社カッパノベルスは、『遠野殺人事件』『倉敷殺人事件』『多摩湖畔殺人事件』『津和野殺人事件』『白鳥殺人事件』『長崎殺人事件』『天城峠殺人事件』『小樽殺人事件』『札幌殺人事件』等々のいわゆる「旅情ミステリー」シリーズ。講談社は『「横山大観」殺人事件』『漂泊の楽人』『平城山《ならやま》を越えた女』『鐘』等の「文芸ミステリー」や『風葬の城』『透明な遺書』等の社会派的要素の強い作品が多いといった具合です。

徳間書店の作品の多くが、なぜ女性中心のロマンチックなものになったのか、理由は分かりません。単なる巡り合わせともいえますが、担当編集者が女性（松岡妙子氏）だったことと、あるいは関係があるのかもしれません。

その中でも『「紅藍の女」殺人事件』は、とりわけ女性好みの作品といえそうです。各章のタイトルが「花いちもんめ」から始まって、すべて「わらべ唄《うた》」によっているのも、なんとなく女性におもねっているように思われそうですが、決してそんなことはありません。あくまでも創作の結果として、そういうスタイルになったにすぎません。そうはいっても、僕自身はこの章タイトルの趣向は気に入っています。

気に入っているといえば、プロローグの雰囲気もまずまずだったと思います。東北のどこかの町で、夜の闇に紛れ込んだように二人の男が登場する——。これが物語全体の伏線になっているし、ミスディレクションの役割も果しています。僕の作品ではいつもそうなのですが、この町も実在の土地です。さて東北のどこなのか——を考えながら読み進めるのも一興だと思います。この作品のほかにも『「萩原朔太郎」の亡霊』『津和野殺人事件』『佐用姫伝説殺人事件』『怪談の道』などに、同じような感興をそそるプロローグがありますが、その場所を訪ねて旅する読者も少なくないそうです。

さて『「紅藍の女」殺人事件』の作品としての出来ばえがどうかは読者のご判断に委《ゆだ》ねるとして、この「解説」を書く前に読み返した印象をいえば、比較的、軽く読めたことだけは確かです。この「事件」の浅見光彦は、彼にしては珍しく陽気《け》で、まるで殺人事件を楽しんでいるような気配さえ感じ取れます。いささか軽薄で怪しからんと思うのですが、それもこれも作者の心理の投影なのだから、文句も言えません。

しかし浅見の推理が終始、冴《さ》え渡っていたことは認めないわけにいきません。夕鶴の話から事件の背景を憶測したり、警察を相手に事件の核心に触れるようなことをいとも簡単に推理したりする閃《ひらめ》きは、いつにも増して鮮やかだったのではないでしょうか。

そうして掘り起こされた因縁話は、ほのぼのとしたわらべ唄や、軽い語り口とは対照的に、かなり憂鬱《ゆううつ》でシリアスなものでした。この時期の作者が、いわゆる「ノッている」状態だったことを物語っています。

この前後に書かれた作品をそれぞれ三作ずつ示すと、次のようなものです。

『歌枕殺人事件』『伊香保殺人事件』『平城山を越えた女』／『耳なし芳一からの手紙』『三州吉良殺人事件』『上野谷中殺人事件』。

注目すべきは、『「紅藍の女」殺人事件』を真ん中に挟むかたちの二つの作品が、『殺人事件』をタイトルに使っていない点です。『平城山』と『耳なし芳一』以降、僕の作品のタイトルは、漸次『殺人事件』から離れる方向へと向かいます。いわゆる「ご当地物」を露骨に示す「戦略」から、ようやく解き放たれようとする時期です。

もっとも、『殺人事件』をタイトルに使わないといっても、僕の基本コンセプトというかアイデンティティというか、「歴史と旅と事件」という三つの柱までが揺らいだわけではありません。現に当時のいずれの作品も旅情性の強い「浅見光彦シリーズ」で、彼は文字どおり八面六臂《はちめんろっぴ》の大活躍を見せています。当然のことながら、作者もまたよく働いていた時期で、取材に東奔西走していたことは、それぞれの作品の取材地を見れば想像できます。『歌枕』が宮城、岩手、福島。『伊香保』が群馬。『平城山』が奈良、京都。『耳なし芳一』が山口。『三州吉良』が愛知と、行動範囲は本州の東から西の果てまで広がっています。おまけに、山口県を除けば、すべて自分で車を運転して走り回ったのですから、ずいぶん精力的だったものです。

こうして訪ね歩いた土地を「殺人事件」の舞台にしてしまったことに、少なからず自責の念を抱いています。地元の人はさぞかしご不快なことだと思うのですが、いまのところ表立ってクレームをつけられたことは、取材の時点で一度あっただけでした。逆に、村おこしのために取材してくれというご依頼はかなりあります。それをいいことに、今後も日本中を駆け回るつもりでいます。

一九九八年七月

内田康夫

解説

山前　譲

二〇一四年七月に書き下ろし刊行された『遺譜　浅見《あさみ》光彦《みつひこ》最後の事件』（角川書店）は、そのタイトルからしてファンをドキッとさせたことだろうが、浅見光彦の三十四歳の誕生パーティーが、軽井沢のホテルで開かれていると知ったならば、さらに驚くに違いない。

えっ、彼は永遠の三十三歳ではなかったの⁉　当然沸き起こる疑問への答えはここでは記すことはできないけれど、『平家伝説殺人事件』の稲田《いなだ》佐和《さわ》を初めとして、歴代のヒロインが何人も姿を見せている宴はじつに華やかだ。

その誕生パーティーで発起人代表となっているのが、ヴァイオリニストの本沢《ほんざわ》千恵《ちえ》子《こ》である。『高千穂伝説殺人事件』と『歌わない笛』の二作でヒロインを務めていた彼女は、日本のコンクールで一位になって、ウイーンに留学したのだが、一時帰国した『遺譜　浅見光彦最後の事件』では、スケールの大きな事件の鍵《かぎ》を握っている。

浅見光彦シリーズにはたくさんのヒロインが登場してきたが、この本沢千恵子と同じように、クラシック音楽の世界で注目されているヒロインといえば、『紅藍《くれない》の女《ひと》』殺人事件』のピアニスト、三郷《みさと》夕鶴《ゆづる》も忘れてはならないだろう。

パリのコンクールで二位に入賞して以来、ほとんど毎週のようにリサイタルがセッティングされ、そして満員の盛況をみせている。入りきれない客がホールの関係者と揉《も》めるほどだから、すごい人気だ。年齢は二十三歳。もちろん色白の美人である。

その夕鶴が、たったひとりの弟子のレッスンを終えて自宅に帰る途中、不気味な男から声をかけられた。そして小さく畳んだ紙切れを渡される。旦那《だんな》さんに渡してくれませんか――。そこにはただ一行、「はないちもんめ」とだけ書かれていた。帰宅して父の伴太郎《ともたろう》にそれを渡すと、瞬間、眉《まゆ》をひそめた。だが、「はないちもんめ」が童《わら》唄《べうた》の一節であることは知っていても、特に思い当たることはないようだ。

その日は父の誕生パーティーで、友人の甲戸《かぶと》麻矢《まや》も来ていた。その麻矢がこっそり相談してきた。横浜で古美術商を営む彼女の父が、夜によくうなされているというのだ。不安に駆られた夕鶴は、あのひとに相談することにした。去年軽井沢で一緒にテニスをした、あのひとに――。

それはもちろん浅見光彦である。喫茶店で会うまでは「幸運」を期待していたが、さすがは名探偵だ。ただの相談と分かれば、夕鶴から巧みに事情を聞き出している。そして、三郷家が祖父の代まで山形県に住んでいたと知って、それなら「はないちもんめ」の「はな」は「紅花」のことだと指摘するのだった。

そこに、電話が入っていると、夕鶴を呼び出すアナウンスがあった。出てみると麻矢だった。パパが死んだの——。動転する夕鶴を乗せて、浅見光彦のソアラは横浜の病院へと向かう。麻矢の父は、自分の店の社長室で、服毒死体となって発見されたのだ。その現場を訪れた浅見光彦は、日めくりカレンダーに「ふるさともとめて」と書かれているのを発見し……。

ユネスコの無形文化遺産に登録されたというので、「和食」が何かと話題になっている。調べてみると、「能楽」、「歌舞伎」、「人形浄瑠璃《じょうるり》文楽」、あるいは「アイヌ古式舞踊」などと、日本の無形文化遺産はもう二十余りも登録されているのだ。もっと注目されてもいいようなものもある。だが、ユネスコに登録されるか否かに関係なく、そして無形か有形にかかわらず、日本に誇るべき文化遺産が数多くあるのは言うまでもない。

「歴史と旅と事件」を三本柱としているだけに、内田作品では、とりわけ浅見光彦シリーズでは、日本の文化遺産は重要なテーマとなってきた。『美濃路殺人事件』の和紙、『金沢殺人事件』の花火、『鳥取雛《ひな》送り殺人事件』の流《なが》し雛《びな》、『華の下にて』の華道など、細かく挙げていったら切りがない。

この『「紅藍の女」殺人事件』を彩る「紅花（ベニバナ）」もまた、そうした文化遺産のひとつと言えるだろう。『箸墓《はしはか》幻想』で舞台となった箸墓古墳を含む奈良の纒向《まきむく》遺跡《いせき》で、大量の「紅花」の花粉が見つかったことが公にされたのは、二〇〇七年十月である。三世紀前半の溝跡にたまった土を分析した結果だった。それまでは六世紀後半の古墳から見つかったのが最古だったというから、一気に三百年以上遡《さかのぼ》ったことになる。「紅花」の原産地は中東あたりのようだが、それがシルクロードを経て日本に伝来し、日本では特にその花を染料として利用してきた。

『「紅藍の女」殺人事件』で紹介されているように、「紅花」は山形県の特産品となっている。栽培が盛んになったのは江戸時代中期だというが、その理由は定かではないらしい。いわゆる「最上紅花」は、最上川の舟運を利用して京都や大阪へと出荷され、山形の紅花商人は栄華を極めた。また、口紅も作られたが、「紅一匁金一匁」と言われるほど高価なものだったという。

もっとも、「紅花」自体は世界各地で栽培されている。花を染料とするだけでなく、種から油を抽出したり、鳥の飼料にしたりしている。食用に栽培されているものもある。だから「紅花」は日本独自の文化と意識されないかもしれないが、摘み取った花を染料にするまでの手間暇を知れば、そして美しく染め上げられた織物を見れば、やはり日本ならではの文化と言いたい。

残念ながら、化学染料や海外産に押されて、明治以降、日本では「紅花」の栽培は衰退してしまった。だが、一九八二年に「紅花」を県花とした山形県が、今、文化的伝統を守ろうと、生産振興と需要拡大に取り組んでいる。山形県の各地で「紅花」をテーマにした祭りが催されたりもしている。

その山形県を三郷夕鶴が訪れた。とにかく「紅花」のことを知りたかったのだ。空港からタクシーで向かったのは河北町の紅花記念館だが、運転手はこう言う。これから行く紅花記念館も、昔は三郷さまといって、紅花大尽の屋敷だったのを、町さ寄付されたのだそうだす——。三郷さま？　思いがけず自身のルーツを知らされた夕鶴だが、さらにかつて三郷家に仕えていた老人から、三十五年前に起きた殺人事件の因縁を聞かされる。今度の事件の動機は復讐《ふくしゅう》なのか？

思いもよらぬ事実に動揺する夕鶴が、記念館を後にしようとしたとき、浅見光彦が現れた。やはり「紅花」のことを調べに来たのだ。二人だけの秘密にしてと、夕鶴は浅見光彦にすべてを話す。一方、箱根芦ノ湖《あしのこ》に新たな死体が……。

こうして事件は新たな展開を見せるが、童唄にまつわる謎や過去の因縁、錯綜《さくそう》する恋愛関係、あるいはルパシカ風のコートを着た怪人物と、横溝正史氏の金田一耕助シリーズに相通じる雰囲気のなかで、さらに事件が相次ぎ、浅見光彦の推理が展開されていくのは注目すべきことだろう。

ミステリーもまた海外から移入された文化だが、それを日本の風土のなかに巧みに展開したのが横溝氏であった。振り返れば、金田一耕助最後の事件である『病院坂の首縊《くびく》りの家』が刊行されたのが一九七八年で、横溝氏の最後の長編『悪霊島』（金田一耕助シリーズだが時系列的には『病院坂の首縊りの家』の前に起こった事件）が刊行されたのが一九八〇年である。そして一九八二年、まるでバトンタッチされたかのように、浅見光彦の最初の事件である『後鳥羽伝説殺人事件』が刊行された。

以来、百以上の難事件を解決してきた浅見光彦は、日本の名探偵の伝統を受け継いだと言えるだろう。そんな浅見光彦は、世界に誇る日本ミステリー界の文化遺産なのだ！　いや、まだ元気な浅見光彦を遺産扱いしてはいけない。ヒロインたちに怒られてしまう。『「紅藍の女」殺人事件』は一九九一年十月に徳間書店より刊行された、彼にとって四十三番目の事件である。いつもながらの名推理とともに、色鮮やかなラストシーンがじつに印象的だ。

参考資料

「わらべうた――日本の伝承童謡」町田嘉章・浅野建二編（岩波文庫）

「べにばな閑話」今田信一著（山形県河北町刊）

本作品は一九九四年徳間文庫、二〇〇〇年講談社文庫として刊行されました。

この作品はフィクションであり、作中に登場する個人、団体などはすべて架空のものです。舞台となった土地、建造物、市町村名などは執筆当時のものに基づいており、実際とは相違する点があることをご了承ください。

「紅藍《くれない》の女《ひと》」殺人事件《さつじんじけん》

内田康夫《うちだやすお》

平成26年 9月25日　初版発行
令和7年 1月10日　5版発行

発行者●山下直久

発行●株式会社KADOKAWA
〒102-8177　東京都千代田区富士見2-13-3
電話　0570-002-301（ナビダイヤル）

角川文庫 18759

印刷所●株式会社KADOKAWA
製本所●株式会社KADOKAWA

表紙画●和田三造

ISBN978-4-04-102038-8　C0193

角川文庫発刊に際して

角川源義

第二次世界大戦の敗北は、軍事力の敗北であった以上に、私たちの若い文化力の敗退であった。私たちの文化が戦争に対して如何に無力であり、単なるあだ花に過ぎなかったかを、私たちは身を以て体験し痛感した。西洋近代文化の摂取にとって、明治以後八十年の歳月は決して短かすぎたとは言えない。にもかかわらず、近代文化の伝統を確立し、自由な批判と柔軟な良識に富む文化層として自らを形成することに私たちは失敗して来た。そしてこれは、各層への文化の普及滲透を任務とする出版人の責任でもあった。

一九四五年以来、私たちは再び振出しに戻り、第一歩から踏み出すことを余儀なくされた。これは大きな不幸ではあるが、反面、これまでの混沌・未熟・歪曲の中にあった我が国の文化に秩序と確たる基礎を齎らすためには絶好の機会でもある。角川書店は、このような祖国の文化的危機にあたり、微力をも顧みず再建の礎石たるべき抱負と決意とをもって出発したが、ここに創立以来の念願を果すべく角川文庫を発刊する。これまで刊行されたあらゆる全集叢書文庫類の長所と短所とを検討し、古今東西の不朽の典籍を、良心的編集のもとに、廉価に、そして書架にふさわしい美本として、多くのひとびとに提供しようとする。しかし私たちは徒らに百科全書的な知識のジレッタントを作ることを目的とせず、あくまで祖国の文化に秩序と再建への道を示し、この文庫を角川書店の栄ある事業として、今後永久に継続発展せしめ、学芸と教養との殿堂として大成せんことを期したい。多くの読書子の愛情ある忠言と支持とによって、この希望と抱負とを完遂せしめられんことを願う。

一九四九年五月三日